KB039648

세상의 모든 책은 첫 책,
책의 모든 페이지는 첫 페이지

에스프리
Literature Mook
Yulan-Tongsin

율란통신 | **001**

세상에서 가장
아름답고 무용한 혁명

함성호/ 리산/ 시빌/ 이철호/ 이용호/ 박희승/ 전윤호

신동옥/ 박용하/ 강정/ 문태준/ 박제영/ 이 강/ 쟝드파 리 강

김도연/ 르 클레지오/ 짐 자무시/ 엄경희/ 조진/ 소재식/ 박정대

달아실

차례

세상에서 가장 아름답고 무용한 혁명

함성호(시인, 건축가, 함타이치, 동북면 여진족)
010   코케인
012   그날 우리는 세상에서 가장 행복한 얼굴로 서로를 바라보
      며 적들의 피를 얼굴에 발라주고 빼앗은 바지가 안성맞춤
      이라 술을 마시고 춤을 추었지
013   외옹치리―눈―내옹치리
014   윤삼월 무렵
017   하얀 혼

리산(시인, 시안 리산족)
022   고블린 모드
024   가난하고 아름다운 사냥꾼 딸이 꿈을 헐어 전나무에 물
      을 주고 큰 배로 만들 때까지
026   도문대작
028   도문대작
030   무사

시빌(인디시인, 센티멘털 노동자 동맹)
032   역사적 슬픔과 금지

이철호(산은, 삼나무 구락부 8진)
036   북촌바다, 고인자씨와 이소라씨의 경우

이용호(시인, 사하, 삼나무 구락부 8진)

046   정선

박희승(석운, 삼나무 구락부 8진, 소설가 박상륭 조카)

050   호박돌 하나 가슴에 안고

전윤호(시인, 정선예술창작소장, 남만 장렬족)

054   밤나무 블루스
055   반달

신동옥(시인, 남만 남양족)

058   자작나무의 시
062   미탄

박용하(시인, 동북면 사천족)

066   누군가의
070   무無의 저녁
072   영嶺의 동쪽
073   추우야정秋雨夜情
074   춘우야정春雨夜情

강정(시인, 엘리펀트 슬리브스 보컬, 남만 강족)

078   생활

문태준(시인, 남만 김천족)

084 　사귀게 된 돌

085 　한 종지의 소금을 대하고서는

086 　산중에 옹달샘이 하나 있어

박제영(시인, 달아실문장수선소 문장수선공, 남만 격렬족)

088 　어깨너머

090 　문장수선공 K

092 　아라리

093 　우금치

오랑캐 이 강(시인, 영화감독, 인터내셔널 포에트리 급진 오랑캐)

096 　만만적 만추

102 　오랑캐략사 리절 외전

장드파 리 강(시인, 불란서족)

108 　짐 자무시풍으로 쓴 눈의 자서전

김도연(소설가, 동북면 대굴령족)

116 　대굴령

르 클레지오(소설가, 불란서 오랑캐 니스족)

124 　물질적 황홀

짐 자무시(영화감독, 서융 오하이오 에크런족)

128   나는 단순한 것에 끌린다

엄경희(평론가, 키용-희 드 엄, 숙신 읍루 물길 말갈 여진 장엄족)

130   씨앗의 서사

조진(달연, 삼나무 구락부 8진)

142   1월, 느타나무

소재식(청야, '에세이소설' 작가, 삼나무 구락부 8진)

146   오타루의 빛

박정대(시인, 남만 이절족)

158   그녀 곁에 슬프게 앉아 있을 때
161   첫시

편집후기 _ 강돌(무사, 편집장)

163   세상의 모든 책은 첫 책, 책의 모든 페이지는 첫 페이지 예
        술의 고아들을 위한, 세상에서 가장 아름답고 무용한 혁명

예술의 고아들을 위한,
세상에서 가장 아름답고 무용한 혁명

함성호

시인, 건축가, 함타이치, 동북면 여진족

코케인
그날 우리는 세상에서 가장 행복한 얼굴로 서로를 바라보
며 적들의 피를 얼굴에 발라주고 빼앗은 바지가 안성맞춤
이라 술을 마시고 춤을 추었지
외옹치리—눈—내옹치리
윤삼월 무렵
하얀 혼

코케인*
― 「시인학교」風으로

현준
왔다 감①

기림
준환
혜경 먼저 옴③

김월하 시창詩唱 〈관산융마關山戎馬〉를 기다림

제민
늦게 옴④

김정환 C.C.R.에 추임새 삼아 괴성 방출⑦

정대
리산 오랑캐꽃이 핀 창가에서
정담중⑨

태용
먼저 감②

춘주불성취春酒不成醉 — 이미 봄에 취해서
술은 거들게 없었는데⑤
어쩌자고
남의 라이타까지 우수수 챙겨 옴⑩

* https://namu.wiki/w/%EC%8B%9C%EB%93%9C%20%EB%B0%94%EB%A0%9B
— shine on you crazy diamond
① 당시엔 상당한 미남이었다.
② 눈빛이 흐려지고 머리가 산발이 되는 등 마약에 찌든 모습이다.
③ 위의 사진에서 이 모습까지 되는 데 2년도 채 걸리지 않았다.
④ 여담으로 이 앨범의 마지막 곡 <Effervescing Elephant>는 그가 살면서 최초로 작곡한
곡이라고 한다.
⑤ 녹음 자체는 꽤 오래했으나 밥상 뒤엎기를 자주 시전한데다 그마저도 꽤 진통을 겪었다고
한다. 결국 로저 워터스와 데이빗 길모어가 참여하면서 겨우 끝낼 수 있었다고. 자세히 들어보
면 보컬 음정이 안 맞거나 시드가 가사 종이를 넘길 때 생긴 잡음이 섞여있는 걸 확인할 수 있다.
⑥ 1집은 죽기 전에 들어야 할 앨범 1001에 수록되기도 했다.
⑦ 그림에도 재능이 있는 편이었다고 한다.
⑧ 앨범 타이틀곡에는 시드의 솔로 앨범 수록곡 중에서 가사를 따와 붙이기도 했다.
⑨ 실제로 시드가 떠난 후 핑크 플로이드에서 로저가 독재 체제로 제작한 전설적인 명반 ≪The
Wall≫의 주인공 핑크는 시드 바렛에게서 모티브를 따온 듯한 묘사가 많다.
⑩ 솔로 활동 시절에도 인기 밴드 리더였던 만큼 많은 팬들이 모인 곳에서 라이브를 한 적이 있
었는데, 혼자 멍하게 코드 한 개만을 계속 연주하며 노래는 전혀 부르지도 않는 상태가 지속되
는 등(심지어 마약을 하고 무대에 오른 것도 아니었다.) 개판이었다고.
⑪ '배릿'이라 표기한 예도 있다.

그날 우리는 세상에서 가장 행복한 얼굴로 서로를 바라보며 적들의 피를 얼굴에 발라주고 빼앗은 바지가 안성맞춤이라 술을 마시고 춤을 추었지

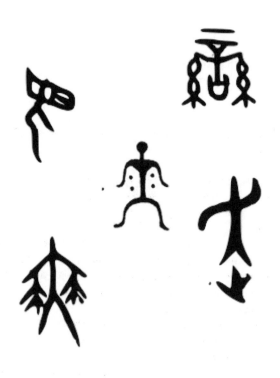

— 무크지 『임시정부』에서

외옹치리 ─ 눈 ─ 내옹치리

눈은 내리고 눈은 내리고, 내가 사랑하던 처녀의 속눈썹에 내리는 눈같이 눈은 내리고, 목도리에 얼굴을 반쯤 묻고 깜빡이던 딱한 눈동자, 어쩌라고, 어쩌라고 눈은 내리고, 마른 덤불에, 빈 들판에 눈은 내리고, 노랑턱멧새, 딱새, 오목눈이, 직박구리도, 한데서 고스란히 맞는 눈은 내리고 쌓이고, 쿨럭이는 나무는 차라리 눈의 일족 같고, 눈에 보이지 않는 먼 섬은 눈물 같고, 좌판에 누운 심퉁이, 도루묵이, 양미리는 부러 귀 기울이고, 싸락눈 같은 좁쌀을 덮고 작은 단지 속에서 익어가는 가재미 한 마리도 그러는 것 같고, 어쩌라고, 어쩌라고 눈은 내리듯이, 오징어, 명태, 청어가 오지 않는 빈 바다에도 눈은 내리고, 하염없이 내리고, 북해산 명란이 밥상 위에서 조용히 묵상하는 저녁 눈은 내리고, 하루 이틀 사흘 나흘 발이 묶인 배들을 잡는 긴 밧줄 위에도 새벽 눈은 내리고 위태롭게 쌓이고, 벌써 손질을 끝낸 그물에도, 씨줄과 날줄 위로 또 눈은 내리고, 어쩌라고, 어쩌라고 아무도 오지 않는 빈 우물에도 눈은 내리어, 댓돌에 벗어둔 흰 고무신 안에도 소복이 눈은 쌓이고, 마른 대숲에서 들리는 소리, 신갈나무 잎에 앉는 소리, 감태나무 잎을 울리는 소리, 어쩌라고, 어쩌라고, 부 ─ 부 ─ 누추한 목선들이 불어대는 나팔소리에도 눈은 내려, 눈은 내리고

─ 시집 『타지 않는 혀』에서

1 3

윤삼월 무렵

영북에서는 이면수라고도 부르는
새치 한 배만 건지면 평양감사도 부럽지 않다는
봄 바다
어머니 병을 얻으시어
회로 먹어도 그 부드러운 맛이
구워 먹을 땐 그 고소한 껍질을 생각하며
어머니와 같이 살던
목화가 저절로 자라던 내를 건너
백년산 복사면의 팔부능선쯤인가
여전히 어두운 골목에 낡은 세탁소가 있던 모퉁인가를
돌아
그 집에 문안을 여쭈러 가니
어머니는 무채를 깔아놓은 침대 같은 곳에서
낙심한 가재미처럼 누워 계시다가
일어나 앉으시며
당신의 손발을 만져보게 하시고는
바라기에 딱 갈라놓은 만두처럼
모락모락 부추 향내 나는 말씀으로
내 머리를 쓰다듬으시고는
그래도 흰머리가 예쁘게 났구나

나는 좋아라, 그 옛날 어머니 흰머리를 뽑아 한 올에 동
전 한 닢씩 받아서

그 맛있던 캐러멜이며, 달콤한 크림만 싹싹 핥던 산도며,
아무 맛 없고 질기기만 해 장난질에 늘려 먹던

쫀드기 같은 군것질거리들을 생각하다가

또, 귀신도 모른다는 윤달, 아직 남겨둔 추위를 걱정해

낡은 담요로 어머니 어깨를 둘러주려 하니

한사코 마다하시며

이 집은 돼지고기도 채 안 익혀 먹는다며

집에 가고 싶다고

차부까지만 데려다달라고

이번엔 조용히 지붕 위에서 혼자 얼고 있는

한겨울의 만두처럼 울고 계시길래

나도 덩달아, 그릇이며, 냉장고며, 운동기구며, 빨래들이며
사방 오방 난전으로 널린

이 집 식구들의 깔끔하지 못한 성품을 나무라고,

몇 달 동안이나 신통한 처방도 내리지 못한 의사들을 비
웃고,

흉보다가 어머니와 같이 낄낄대다, 다음엔 한의사에게 가
보자고, 진작 그랬어야 했다고, 맞장구치며

송장을 거꾸로 세워놓아도 탈이 없다는 윤삼월의 문턱에서
나와 어머니는 그물에서 퍼덕이는
그 싱싱한 화진포의 숭어들처럼
나와 어머니는 영문 모른 채
왜 봄인가 하고
속초 앞바다는 설악에 눈이 녹아야
비로소 봄 바다라고,
새삼스러운 동의로, 꼭 그런 건 아니지만
어머니와 나는 똑같이
돌아가야 할 길보다 가야 할 길이 더 정답고
집은 멀고, 낯선 곳은 오히려 가까워
우리가 고향을 떠나온 해 봄
눈이 한 자나 덮인 김칫독을 열어 어깨까지 넣어
시월 배추로 담은 신내 물씬 나는
김치 포기 포기 사이에 재워둔
그 잘 익은 명태 식혜를 꺼내 먹던
그 어느 해 봄에 온
한겨울을 생각하고 있었다

— 시집 『타지 않는 혀』에서

하얀 혼

시베리아의 자작나무는
내리는 비처럼 서 있다
모여 있으면서도 고고함을 잃지 않고
먼 산 침엽수림 지대에 줄지어서도
하얀 혼 —,
그 산의 영혼처럼 신비롭다
해 뜨는 쪽으로 타이가를 적시며 흐르는
은청색으로 빛나던 저물녘의 강들이
지금, 일제히 황금색으로 사위어간다
매일 밤 북두칠성을 바라보며 해 지는 쪽으로 잠들었다
그리고 나는 시베리아의 북쪽 방에 와 있다
칠이 벗겨진 창에는
아직 말하지 않은 변심처럼 한 그루
새하얀 나무가 노오란 잎을 달고
비를 맞고 서 있다
나와 자작나무는, 망해버린 혁명의 나라에서
한 잎 한 잎 계절을 복기하며
뜨거웠던 한때의 깃발들을 떨구는 중이다
거리의 낡은 기념 조각물은
'공산쥬의로분투하다가전사한동무들의게'

바쳐진 대로

나는 실패한 독립국가의 사람

헤이허에서 오호츠크해까지, 그 무엇을 위해서가 아닌 공산주의자가 되어, 무정부주의자가 되어, 총을 든 유학자가 되어 둘러앉아

자작나무를 태워 야영을 준비하는 흑룡강 가

(이 어두운 문의 나라)

여기에선 아무르라고

수상하다, 수상하다 — 낙우송 단풍은 금빛으로 물들어가고

나는 나하고는 없는 사람

초원의 여우는

여기저기 사냥감의 굴을 뒤지며 무엇을 잊었는지

자꾸 뒤돌아본다

나는 습지에 잠긴 하늘 앞에서 무릎을 꿇고

내 실 날 같은 목을 넣어보고 싶은

여기서는 오직 나와 하늘뿐

나와 하늘뿐

오늘은 첫눈이 내려, 나와 자작나무는

내가 살던 곳에서는 본 적이 없는

북해로 흐르는 강가에 앉아 눈 내리는 하구를 생각하며

왜 음식이 담기지도 않은 냄비의 바깥을 씻느냐고 묻던,
브리야트인과 중국인들, 그리고 변기에 좌대도 없는, 드나드
는 문이 유난히 어두운 이 나라의 관습을 떠올려 보았다
　아무래도 생활은 습관이 아닌 모양이다
　그것은 모국어 같은 것
　저버린 모국어 같은 것
　이 북쪽 방에는
　먼저 살던 몽골인이 종이를 오려
　천장 가득 별을 달아놓은
　나와 자작나무는 신성한 호수
　얼음 호수에
　고요하게 내리는 눈처럼 귀를 대고
　소금을 얻기 위해
　유목의 짐의 지고 다니는 순록의 고행과
　속이 빈 나무에서 잠을 자는 시베리아 곰의
　꿈 이야기를 들었다
　그건 죽음의 이야기
　그 사람은 나하고는 없는 사람
　어르신, 모시러 왔습니다
　사냥꾼이 곰을 부르는 소리
　그 사람은 나하고는 없는 사람

그래선지
나는 가끔 너무 흰 슬라브 여자와
침대에 나란히 누워
초원의 별을 바라보곤 했다
나와 자작나무와 여우와 곰과 사냥꾼은
얼음 호수에 앉아
아무하고도 없는 나무가 되어
아무하고도 없는 여우가 되어
아무하고도 없는 곰이 되어
그 옛날 물고기의 숨이
방울방울 얼음으로 결정된, 가장 차가운 모국어를 찾아
이 신성한 호수의 전설을 알게 되었다
그건 죽음의 이야기
하얀 혼, 나는 그런 사람
아무하고도
그 무엇과도 연결되지 않는
나는 나하고는 없는 사람이다
하얀 혼 — 자작나무여,

— 시집 『타지 않는 혀』에서

리산

시인, 시안 리산족

고블린 모드
가난하고 아름다운 사냥꾼 딸이 꿈을 헐어 전나무에 물
을 주고 큰 배로 만들 때까지
도문대작
도문대작
무사

고블린 모드

> 보랏빛 공기 누런 창문 얼룩과 함께
>
> 안할터 폐허 위의
> 야곱의 지팡이.
>
> 코켈강의 시간, 아직 아무것도
> 합류하는 것 없음.
>
> 선술집
> 에서부터 눈ᄆ술집
> 으로.
>
> — 파울 첼란 전집2 중

마침내

무한한 가능성의 거리로부터

이절에서의 눈송이 낚시

눈송이 상영관

눈송이 음악당

혹은 눈송이 선술집

위로 위로 솟구치고 나부끼다
겨울 지나 봄 자작나무들 늘어선 흰 숲

가뭇없이 사라져도 좋을 눈송이들의 공소

흰 수염 꽁지머리 눈송이 씨가
이강 절벽 국유림 자작나무 숲을
담배연기로 무단점거하며

붉은 어닝 아래 밤새 불을 깜박이고 있는

마침내

이절에서의 눈송이 낚시

합류

— 무크지 『임시정부』에서

가난하고 아름다운 사냥꾼 딸이 꿈을 헐
어 전나무에 물을 주고 큰 배로 만들 때까
지

진눈깨비 밤새 무섭게 온 아침

눈꽃 핀
눈꽃 나무 아래

푹신한 옷으로 겹겹이 무장한 누가
프롬나드한다

어디선가 앰뷸런스 싸이렌 소리
위급히 들리고

옛이야기처럼
착한 사람들 생각을 하면 눈물이 나

모가지가 부러질까
서러운 나는

고양이 걸음으로

살얼음판을 걸어

고양이 밥을 구하러 간다

— 시집 『메르시, 이대로 계속 머물러주세요』에서

도문대작

여기 앉아서 저기에 속한 듯 검은 옷을 입고

검게 그을린 마음으로 저기에 속한 듯

그러므로 알 수 없는 통증에 시달리며

언젠가 통증으로 죽으리 흐드러지는 봄

봄 꽃잎들 봄바람 타고 얼굴을 스치며 발등으로 떨어지는 날

제 무덤을 찾아가는 흰 코끼리처럼 우울한 말처럼

신발이 파묻히도록 밤새 꽃잎들 떨어지는 날 어느 봄날

둥둥 가슴을 두드리는 옛 음악들 꽃 지는 소리 후렴처럼 들리고

이층 창가에 앉아 늦도록 술을 마시는 밤이면 멀리 친구들 생각이 나

감자꽃 골짜기 대관령엔 소설 쓰는 도연이 있고 작은 도서관도 있지

바퀴가 헛돌도록 눈이 푹푹 내리던 무장한 겨울밤이 있고

사월이 다 가도록 눈이 쌓여 있던 북대도 있네

며칠째 눈만 오는 아흔아홉고개 너머엔 시 쓰는 홍섭이 있고

눈보라 치는 방파제 쿠바에 앉아 고기잡이배가

저녁 바다로 나가는 걸 보기도 했지

어디선가 두부전 부치는 냄새 생오이 냄새

다시 배들은 집어등을 밝히고 봄 바다로 봄 바다로 나가
는데

허균과 일곱명의 동무들은 어디로 갔나

먼 데서 누가 마중 나오고 있을 것 같은 봄날

— 시집 『메르시, 이대로 계속 머물러주세요』에서

도문대작

지금은 내 곁에 없는 것이 애달파

전라도 함열 땅에서 유배를 살던 허균은 오랜 거친 음식
에 지쳐
언젠가 먹어보았던 음식의 이름들을 하나씩 적어보았지

그렇게 모인 글들은 푸줏간 앞에서 크게 입맛을 다신다
는 뜻의
도문대작이라는 문집으로 엮어졌다네

표범의 태, 사슴의 혀와 꼬리로 만든 음식이며
갈대숲에서 많이 자라는 위어 구이

함경도 땅 산갓으로 김치를 만들었고
가을이면 두텁떡과 국화병을 먹었네

경상우도 지방 상인들은
전복을 말리고 꽃 모양으로 오려
화복을 만드는 기술이 좋았다는데

대관령 골짜기 연초 잎으로 만 잎담배며
봄날 저녁 누이와 대작하던 교동골 매화주는 아니지만

안개와 연기와 이끼로 빚은
한 줄의 문장을 적는 저녁이네

잘못 오리고 잘못 저며진 말들은 애처로워
누가 소금 광주리를 이고 홀림길을 넘어가나

아직 오지 않은 소식 하나를 기다려
어둑한 길 멀리를 바라보는 저녁이네

— 시집 『메르시, 이대로 계속 머물러주세요』에서

무사

북쪽 호숫가 백문동 소리도 없이

흰 옷을 입은 사람이 나무 밑을 지나가니 열매들 또 지겠
구나

달빛 아래 창포잎에 맺힌 이슬로 눈을 씻으면

한낮에도 가느다란 별빛이 보여

저기 울며 철책을 넘어가는 염소 치는 여자들

밤거미들 이파리마다 집을 짓고

담장 밑에 심은 꽃나무도 인적을 찾아 기우는데

홀로 북을 치며 술잔을 기울이네

시빌

인디시인, 센티멘털 노동자 동맹

역사적 슬픔과 긍지

역사적 슬픔과 긍지

장드파 리 강의 시집 『L'art du flocon de neige 말하자면 눈송이의 예술』 출간에 대한 세계 각국의 반응

"박정대의 열 번째 시집이자 매혹의 시인 장드파 리 강의 첫 시집, 우리는 이 한 권으로 올해의 크리스마스를 행복하게 보낼 수 있게 되었다" — 뉴욕 크리스찬 리뷰

"숨이 멎을 것 같다" — Indie Wire

"함타이치의 발문은 그 동안 드러나지 않았던 '예술의 고아'들의 실체를 적나라하고 아름답게 드러낸다. 리산은 T.S 엘리어트처럼 은행원이었고, 심지어 강정은 논다. 예술의 고아들은 심지어 아름답게 논다" — 방드르디 메거진 <카이에 뒤 라흐>

"리산은 장드파 리 강의 뮤즈인 듯하다. 장드파 리 강의 시를 읽기 전에 우리는 리산의 불꽃같은 시들에 주목할 필요가 있다" — 센티멘털 레이버 유니온 리뷰

"키용-희 드 엄의 해설 아닌 해설은 장드파 리 강의 시 아닌 시를 시에 가깝게 데려다준다" — 리베라시옹 리뷰

"한국어로, 프랑스의 그 어느 시인보다 더 불란서적인 예술을 창조했다" — 파리 알렉시스 베르노 리뷰

"한 송이 눈발로부터 시작된 낯선 행성의 이야기를 아름답게 그려낸 절창" — 러시아 데카브리 지즌

"이것은 일테면 사랑과 혁명의 기술, 시를 향해 달려가는 한 마리 고독의 말" — 씨더트리 클럽 트리뷴

"이 시집의 모든 말들은 눈송이의 결정(decision, elimentery particle)으로부터 왔다. 시는 눈송이의 예술이었다" — 컨티뉴어스 레볼류션

"예술의 고아들에게 헌정된 이 시집은, 불꽃과 눈송이로 이루어진 단 한 편의 시" — 포르투갈 28번 트렘 협회 <타호 리뷰>

"리산, 강정, 옥, 함타이치, 키용-희 드 엄은 예술의 고아라서 참 좋겠다. 올해 <코케인 문학상>의 독보적 후보작" — 뮤직바 코케인 리뷰

"세상에 내리는 눈은 언제나 첫눈, 이 시집은 세상에 내리는 첫눈의 언어로 쓰여진 유일한 시집이다" — 송월동 기상관측소 기관지 <사계>

"그는 내리는 눈의 이름을 묻고 눈과 악수하고 눈과 대화하며, 눈 속으로 들어가 다시 눈 밖의 세상에 말을 건다. 그의 시선 속에는 항상 '눈송이'라는 불멸의 반가사유상이 있는 듯하다. 그러니 눈발이여, 지금 이 거리로 착륙해오는 불멸의 반가사유여, 그대들은 부디 아름다운 시절에 살기를" — 티베트 창탕고원 리뷰 <부디스트>

그럴 리는 없겠지만, 폭설이 속수무책 내리는 날

『L'art du flocon de neige 말하자면 눈송이의 예술』을 읽으며

이런 상상, 뭐 어때

이철호

산은, 삼나무 구락부 8진

북촌바다, 고인자씨와 이소라씨의 경우

북촌바다, 고인자씨와 이소라씨의 경우

한낮이었다. 바다를 감싸고도 넘치는 빛은 건너 다려도까지 윤슬의 길을 이루고 있다. 마을은 파도만큼이나 잔잔했다. 이따금 묵묵한 걸음들만 올레 길을 지나갈 뿐. 빛 속에서 나와 바다로 들어가는 수런거림이나 찬바람에 떠는 진저리 같은 건 없다. 해가 바뀌는 겨울이다. 낮은 돌담 위에 파란색 지붕이 엎드려 있다. 북촌은 벽들마다 꽃이 피었고, 검은 돌의 틈에는 뿔소라들이 자라고 있다. 규율과 지배 없이도 모두 적당한 자리에 흩어져서 고요로 풍경을 만들고 있다. 망가진 태왁에서 비어져 나온 스티로폼이나 누군가의 망사리였을 그물들도 등명대 주변에 흩어져 적막의 일부가 되었다. 돌로 쌓은 등명대에서 총탄자국을 보았다. 한때는 불턱이었을 오래된 자리조차 사건이 아니라 마을이었다.

열 살이었어. 너븐숭이에서 무장대의 기습을 받아 군인 2명이 숨겼다고 나중에 들었지. 군인들이 들이닥쳐서는 사람들을 모두 끌어냈어. 소학교운동장에서 오돌오돌 떨었지. 춥기도 하고. 우리 교실이 보였어. 깨진 유리창이 꼭 나 같았지. 군인들은 주민을 몇 십 명씩 끌고 가 당팟, 뗏질, 너븐숭이에서 죽였어. 군인들이 가고 인기척에 갯강구가 흩어지듯 마을 사람들이 숨었어. 돌아오라고, 살아오라고 켰던 도대불

을 살기 위해 꺼 버렸지. 그들의 눈에 띄면 곧 죽음이야. 그
날 밤은 겨울인데도 다행히 비가 내렸어.

굴밖에 나갈 수도 없고, 군인들도 수색하지 않았거든. 섬사
람들은 우리 바당, 내 우영팟에서 떠난 적 없었는데 뭍사람
들이 몰려들더니 난민이 되었어. 무서워도 떠날 수는 없었
어. 이 바다에서 나고 자랐지. 떠날 데도 오라는 이도 없어.
총을 든 이들이 알지 못하는, 오지 못하는 곳에 마치 문어
나 전복처럼, 돌 틈사이로 뿔을 벋어 버텨내는 뿔소라처럼.
오름의 틈, 섬 사이, 바다 언저리로 비집고 들어갔지. 살려고.
징헌 세월이었어. 요즘 사람들은 아예 다 드러내놓고 '좋아
요'를 눌러달라고 하드만.

대학에 입학해서 '순이 삼촌'을 읽었다. 학살에서 살아났으
나 환청과 신경쇠약에 시달리다가 결국은 자살하고 마는
순이 삼촌을. 안치환의 노래와 이산하의 시로 4·3을 배웠다.
버스가 다니는 큰길가에 너븐숭이가 있다. 용암이 흐르다
멈춘 바위 아래 비석들이 저마다 하지 못한, 할 수 없었던
말들을 새긴 채 주검으로 여기저기 쓰러져 있다. 어떤 말은
하늘을 원망하고, 어떤 글은 바닥에 엎어져 있다. 말의 무덤

들에도 햇빛은 평등하게 비추고 있다. 저 말들이 일어서기를. 세월은 모든 것을 흐리게 한다. 소문이 매장된 자리의 나무들도 다시 푸른 잎을 틔울 것이고, 그렇게 세상에 말을 전할 것이다.

같이 죽어서 다행이야. 어두운 저승길 외롭지 않게. 망자를 기리는 돌담도 없이 그렇게 묻혔지. 이후로 북촌마을은 잔치를 하지 않아. 모이는 것은 두려운 일이지. 삼촌들도 말을 잃었어. 모두 다 잃은 이들끼리 눈을 마주칠 수 없었어. 억장이 무너질 것 같아서. 여태도 밭을 갈다보면 총알이 나와. 꼭 나를 향해 날아올 것 같아. 도대불에 불을 켜면 총탄 자국이 먼저 눈에 들어오지. 성냥 긋는 소리가 총소리처럼 들려. 학살은 그때 끝난 게 아냐. 우리는 그때부터 계속 죽고 있어. 돌담길은 좁아도 흘러가지만 기억은 흘러가지 않아. 나무가 아주 조금씩 움직이듯 기억도 그런 거야. 파도가 기슭을 적시고만 떠나듯 가끔의 즐거움은 기억을 잠깐 흔들어놓고 사라져 갔어.

제주의 풀은 모두 한쪽으로 누워 있다. 바다 건너 쪽으로. 오름에 이르는 길은 바람에 드러난 나무뿌리들로 계단을

이뤘다. 바다는 오름에 오르지 못하고, 여행자의 바튼 숨이나 오를 뿐. 보이지 않는 새들의 소리 속으로 들어간다. 시선이 닿는 어디든 바다가 무겁게 푸른 하늘을 이고 있다. 바닷가 구릉의 밭들은 모양이 제각각이다. 어느 밭에는 야트막한 돌담에 둘러싸인 묘비 없는 무덤이 있다. 남은 이들은 돌담을 둘러 죽은 이를 기억하는 것이리라. 제주 사람들에게 오름과 바다는 태반 같은 곳인지도 모른다.

그해 이후로 너븐숭이는 지슬이 실허게 커. 그게 꼭 죽은 이들의 살 같아 팔 수 없지. 그냥 다 먹는 거야. 그네들을 거름으로 자란 것이니. 본다고 보는 것이 아니고 보이지 않는다고 안 보는 건 아니지. 바다 옆으로 길이 흐르듯, 바다 속에 숨이 새듯, 그저 흘러가는 게 삶이야. 소학교를 마치지 못한 채 학교는 그만두었지. 바다가 학교고 일터고 부엌이야. 시를 읽은 적 없어. 이미자의 동백아가씨를 좋아했어. 모가지가 부러지는 꽃, 떨어지고서도 한참을 붉은 꽃, 그 풍성하고 두툼한 푸른 잎까지. 바다에도 나무가 있고 풀도 있고 꽃이 펴. 산호도 우뭇가사리도 바람에 하늘거리지.

좁고 구불한 길들이 낮은 돌담 사이로 흐른다. 길은 어선들이 정박해 있는 포구에서 멈추었다가 다시 이어지고, 차가 다니는 도로에서 막혔다가 이내 돌담 사이로 가닥가닥 숨어 들어간다. 불기 시작한 바람이 어지럽다. 멈추지 않는 바다는 넓다는 규정에 갇히지 않는다. 햇빛은 저쪽 돌담 너머에서 돌담 틈으로 비집고 들어가 나른한 개의 눈가에 머문다. 아직 겨울이라는 것을 잊었다. 불턱을 대체한 어촌계 벽에는 검정 고무 옷을 입고 태왁과 망사리를 멘 해녀의 모습이 그려져 있다. 칠은 새로웠으나 주름가득한 몸은 늙고 낡았다. 상품으로 소비되거나 소모되지 않은 사물이나 삶은 오래 지속된다. 낡고 늙을 수 있다. 저 파도를 새긴 주름처럼. 시간은 켜로 쌓여 장소를 이루었다.

물질은 배우는 것이 아니라 나를 버리는 것, 바다 할망에게 기도하는 것, 몸의 기억을 심장에 새기는 일이지. 끝없이 되풀이하지만 그대로인 것은 없어. 바다에 들어갈 때는 같은 자리인데 들어가 보면 늘 달라져 있어. 70년을 물질을 해도 그래. 그래서 무서워. 쑥으로 물안경을 닦고, 10킬로 납덩이를 달고, 들숨 한 번 쉬고는 곧장 바닥으로 내려가야 해. 두려움보다 빨리. 손에 익은 호맹이가 뿔소라를 건지고, 빗창으로 전복을 따고, 작살로 돔을 잡아. 그게 다 용왕 할망이

주시는 거야. 망사리에 담은 뿔소라가 나보다 먼저 배에 오르지. 100키로 넘을 때가 있는 망사리보다 내가 더 간신히 배에 올라. 한참 물질을 하고 나면 힘이 팽겨서 걸을 수도 없어. 기어가지. 바닷가 돌은 울퉁불퉁하고 미끄러워. 물속이 걷기가 낫지. 수협에서 나온 이가 저울에 달아. 망사리가 아니라 내가 달리는 거야.

북촌어촌계는 '해녀의 부엌'이 되어 여행자를 맞는다. 방역 체크를 하고 가림막을 들치고 어두운 실내로 들어선다. 천장에는 물질을 하는 해녀의 눈이 영상으로 비춰지고 있다. 어둠이 익숙해지자 먼저 와 잔치를 기다리는 여행자들이 군데군데 앉아 시작을 기다리고 있다. 웹페이지를 통해 잔치의 내용을 이미 알고 있었으나 설렌다. 안내해 준 자리에 앉는다. 의자가 해녀들의 낡은 고무 옷이다. 흐릿한 전등이 모닥불처럼 따뜻하다. 황폐로부터 걸어 나온 불턱에 모여 앉은 온기로, 어둠을 제친 바다 이미지로, 옅은 음식 냄새로, 낯선 경험에 대한 기대로 방안은 달구어졌다.

숨이 깊어야 바다가 깊어져. 숨을 나누어야 삶을 함께하지. 목숨이란 게 그런 거야. 이승이 곧 저승이야. 욕심을 부리거나 조바심을 내면 그대로 바다가 되는 게지. 숨이 다해서 올라오는 길은 얼마나 먼지. 눈에 비가 내리고 기가 멕혀 와. 뼈가 다 무르고 바다가 붙잡아 내려. 내가 죽으면 들어갈 관의 무게도 이 납덩이 무게 같을 거야. 숨비 소리는 숨이 아직 있다는 신호야. 호이. 휘이. 배에 힘을 주고 쥐어짜 내뱉지. 뇌선 하얀 가루 없이는 하루도 못 살아.

낭푼밥상은 해녀의 땅과 바다에서 얻은 재료로 만든 음식이다. 어둠을 아주 조금만 밀어내고 있는 불빛. 제주의 밭은 여전히 검은 어둠 속에 누운 채 작물을 토해 낸다. 솥에서 바로 꺼내어 포슬포슬한 상웨떡, 고사리나물과 꽃을 곁들인 우엉팟. 돌문어와 갈래곰보, 우뭇가사리의 바당. 벽에 비추인 배경이 바뀌어 상군 해녀의 바다 밑에 보여주고 고인자씨가 뿔소라를 썰어 주었다. 술은 없이. 메인 낭푼밥상은 우영팟에서 기른 채소와 바당에서 나온 해초와 돔베구이.

이악스럽게 살았지. 바다가 가르쳐 준 대로. 바람이 불면 비가 거꾸로 와. 바다에서 절벽으로 비가 올라와 허옇게 부서지지. 오늘은 재수패나 쳐 볼까나. 내 나이 여든이 넘었으니 바다에서 내 태왁 찾을 일없이 이 방에서 숨이 멎으면 원이 없겠어. 물질은 혼자 하는 게 아냐. 물에 들어갈 때는 먹지 못해. 나와서 이리 불턱에 둘러 앉아 먹지. 먹을 거나 변변하나. 우영팟에서 뜯어 온 콩잎, 된장, 조보리밥, 바다가 준 톳무침, 각재기국만 먹어도 빼에지근허지.

해녀들의 신산한 삶이 담긴 낭푼밥상을 마치고 고인자씨에게 물었다. 물질을 쉬기도 하나요? 애 낳는 날도 물질을 나갔어. 한겨울에도 바다에 들어갔지. 나도 중군이었지만 인제는 물질은 못하고 감태나 뜯어. 살암시믄 살아져. 멕여 주는 건 바다밖에 없지. 먹고 살려고 시작한 물질이지만 그 물질로 애들 키우고 가르쳤어. 그래도 제주 여자로 다시는 태어나고 싶지 않아.

이용호

시인, 사하, 삼나무 구락부 8진

정선

정선

그대의 모친상 부고를 받고는
지상의 일들을 소리 없이 정리하고
지상에서의 그리운 벗들 삼삼오오 모여
정선 장례식장으로 곧장 차를 몰고 갔습니다
제천을 지나 영월을 거쳐 여량리 대수리 아우라지를 지나
가니
어디선가 정선아라리 한 가락이 절로 들려왔습니다
깊어가는 어둠 속에서
정선의 나무와 풀들은 봄의 얼굴을 끝내 보여 주지 않았
습니다
저물도록 긴 침묵만이 스스로 물러날 때까지
함께 간 일행들 모두 차 안에서 아무 말도 하지 않고 있
었습니다
동강의 허리만큼 잘려진 우리의 추억들은
정선 장터를 지나 화암 약수터를 시속 육십 킬로로 지날
때까지도
아아, 몰운대 만항재 정암사 적멸보궁이
어둠 속에서 몸을 떨며 스스로 적멸에 들 때까지도
슬픔이 꼬리를 물고 오는지도 모른 채
그대의 초상집엔 등불 하나 오롯이 켜져 있었습니다

서서히 밀려오는 이별의 순간마저도
이곳 정선에서는 산굽이를 돌아돌아 나갔습니다
어느 곳 하나 성한 곳 없이
초봄인데도 이곳에선 마음에 모닥불을 피우지 않고선
협궤열차 하나 지나갈 수 없는지
다가오는 운명도 제 몸조차 추스르지 못했습니다
어둠 건너에서 담배를 피우고 있던 그대의 눈동자엔
말라 버린 눈물만이 담배 연기에 파묻혀 있었습니다
어미를 잃은 새끼의 눈가가 은밀하게 젖어올 때
누군가는 하늘을 올려봤고
누군가는 땅바닥만 내려다봤습니다
기약 없는 길을 떠나신 망모亡母께 절을 올리고
향을 사르고 국화 한 송이를 바치고
우리는 망모가 내려 주신 술과 고기로 수 시간의 허기를
채웠습니다
무엇을 물을 수도 없는 가슴들만 덩그렇게 남아
정선 산자락에 곱게 자리를 튼 영혼을
하염없이 하염없이
바라보고만 있었습니다.

박희승

석운, 삼나무 구락부 8진

호박돌 하나 가슴에 안고

호박돌 하나 가슴에 안고

바람결에 쓸려 눈 잃고
물결에 두 귀마저 놓아버린

모나지 않은 얼굴

까무잡잡한 낯빛에, 들어 보면
묵직한 무게

왜 나는 너를 보면
이제 막 한바탕 소낙비를 쏟은

맑은 하늘에 흐르는 새털 같은 흰 구름이 보일까

방금 물을 차고 간
물총새 그림자에 달뿌리풀 사이로 떼 지어 몰리는 피라
미 몇 마리 보일까

눈도 귀도 입도 없어 그냥 그대로
부처님 얼굴
어머님 얼굴

가슴이 시들어 가랑잎처럼 서걱이는 날
가시 많은 아카시아 숲을 헤치고 간 강변에서 만난
호박돌 하나

검은 물소리 하얗게 일어서는 여울 지나
얼마를 흘러야 나는
끝내 한 덩이 알돌로 누울 수 있을까

무른 것 긁어내고
모난 것 다 갈아낸
무던한 호박돌 하나 가슴에 안고 돌아온 빈집

안개 걷히고
커피 향 아득하다

전윤호

시인, 정선예술창작소장, 남만 장렬족

밤나무 블루스
반달

밤나무 블루스

올해도 밤은 깊었네
저리 많은 밤송이가 벌어지다니
심은 사내 떠나고
지친 여인 남은 집
투둑투둑 밤이 떨어지네
하얗게 잠을 말리네
강가엔 젊은 것들
한밤을 불 싸지르고
묵인 나룻배 흔들리는데
주인 없는 밤
딸 수 없는 밤
손톱 깊숙이 찔러오는 가시가
댕구르르 굴러오네
당신이 짓밟은 저 밤송이
하늘 보고 입 벌렸네
억수장마 지라고
비린 아라리를 부르네

반달

밤은 깊고 바다로 가는 길은 멉니다
불 꺼진 집들이 더 많은 마을
반달 하나 떠 있는데
나를 기다리는 집은 파도 속에 있습니다
오늘도 밥 한 술 뜨자고 많이 걸었습니다
헌 채권 사러 다니는 남자처럼
낡은 가방에 후줄근한 바지가
자꾸 밟히는 날들
외투를 벗고 신발을 가지런히 놓은 등대가
반짝입니다
누구의 방파제도 되지 못한 사내 앞에서
아비 없는 아이들이 불꽃놀이 하는 밤입니다
태풍이 오려는지 갈매기 낮게 나는데
밤은 깊고 바다로 가는 길은 멉니다

— 시집 『밤은 깊고 바다로 가는 길은』에서

신동옥

시인, 남만 남양족

자작나무의 시
미탄

자작나무의 시

저물녘이면 혼자 강을 산책했다
자작나무 언덕 아래로 끝없이 펼쳐진 모래사장
이쪽 끝에서 저쪽 끝까지
이따금 안개가 피어오르고

이내에 젖어서
발을 벗고 걸으면 축축한 모래가 스미고
발아래로 무언가 끝없이 흐르는 게 느껴진다
마지막 빛이 사라질 때 눈에 선연하던 실루엣
길을 잃고 헤매던 손을 끌던 그림자

보여줄 심장이 없다면서도
들려줄 노래로 가득하던 눈빛 내가
이름 없는 말을 타고 이쪽 끝에서 저쪽 끝까지
달린 다음 당신의 꿈에서 뛰어내려 이생으로

돌아온 밤이면
양은 대야에 이불 홑청을 삶았다 난로 옆에 앉아
감자에 돋은 싹을 도려냈다 도려내 불 속에
던져 넣었다

예외 없이 독을 품은 것은
칼날이 아니라 여린 싹이거나 날름거리는
불꽃이어서 고집스레
창을 비집고 들어온 바람은 등피에 수놓이는
불빛을 필사하고

하얀 밤 텅 빈 하늘 아래
자작나무들이 열을 맞추어 걷는지
낡은 레코드를 뒤집듯
그믐의 달빛 아래 곡조를 바꾸며 뒤채는
은빛 이파리

겨울 물고기 돌아와 눕는 물결 위에
기다란 속눈썹 몇 낱 흘려보내며 돌아누운
염소와 당나귀의 꿈속에 스미는
역청 같은 어둠 속에도
남은 빛이 있고

음악이 있었다

내가 이렇게 계절을 셈하지 않고
별을 지도 그리지 않으며 당도한 여기
강가에 오두막을 짓고 산정을 떠가는 구름을 셈하다가
바람에 짓이겨진 꽃잎에 스민 겨울빛을 그러모아

돌이킬 수 없는 사랑의 문법을
복기하는 밤
죽도록 사랑 노래에 매달렸지
그러다 마침내 어떠한 연유도 없이 내 몫의
사랑 노랠 불렀지만 그날 이후

한 발짝도 나아갈 수 없었다
볼우물에 고이는 다디단 침묵 누구나 그렇게
멈춘 자리가 있다 하지만
누구에게나 그 자리가 시금석이었다
정초였다

거기 새집을 올리고 새 공화국을 열었다
새 노래를 불렀다 물론 당신이라면
훨씬 잘 쓸 수도 있겠지만

한 줄 시가 모든 이유를 납득시킬 수는 없고
그럼에도 불구하고
한 줄 시가

당신과 나를 얼어붙게 만드는
밤이 있었다 그 밤에는 혼자 강을 산책했다
내가 이렇게 끝없이 아름다운 음악을
꿈꿔도 되는 걸까 이생 끝에서 저생 끝까지
강가에 서면
무언가 끝없이 차오르기만 하는데

미탄

방림 넘어 미탄 지난다.
미탄美灘에서 바위는 비로소 주저앉는다.
감아 옥죈 물길을 풀어놓고 무너진 바위
양어깨를 치고 넘는 물살에
일없이 비칠대는 강원도 소나무
눈썹까지 털모자를 눌러쓰고
차령車嶺 이북으로 밀려가던 밀정들처럼
북으로 또 북으로
고개를 빼고 나란하다.
물도 나무도 방향을 정해 흐르고 기우는데

사람 사는 데라고는
장마당에서 골목까지 잘고 멀고
아스라하기만 하다.
조양강 물살은 씨앙씨앙
굽이쳐 도는 물길에 비하자면
맥없이 사랑이라고
노래라고 부르는 물건은
느닷없이 고즈넉한 정처 없음
누가 이런 데 정붙이고 살자, 처음

아라리를 불렀을까? 애먼 짐작에도
강 하나에 읍 하나, 몽땅 품어 안고
넘치는 물빛 지도 하나 그려놓은
거기, 정선에서

철이 덜 들었더라면
사북이나 고한 그런 이름이나 맴돌았으련만
미탄 지나며 보았다.
사북이니 고한이니 딴 세상 사정이라는 듯
바위는 여전히 새까맣더군.
검은 바위 아래 오십 년을 누워
기다렸을까, 한세상
건네 한데 모시자고 어머니
잠든 아버지마저 깨워 일으켰다 했지.
한 번을 붓 끝에 올린 적 없는 아버지련만
산 이름이 하필 문필봉文筆峰이랬나.
꽃피는 기압골은 평창 방림 지나
미탄 정선을 치받아 북상 중인데

기우뚱

웃자란 소나무에 먹을 찍어
합장合葬이라고 써본다.
느닷없이 물길이 한데 모이고
장단이 무장무장 포개 울리더니
오래 묵은 강물 옆구리로 단숨에
숲 하나 들어차 안기는 저물녘
녹음 짙은 어둠에 기대서
녹음 짙은 어둠에 잠겨서
한동안 여리고 먼 빛을 바라보고 서 있었지.
내내 그럴 것 같은 예감에 기대서
내내 그럴 것 같은 예감에 잠겨서
방림 지나 미탄 돌아
정선에 들면

그저 또 미탄하고 미탄한 삶이
조양조양 잠기다
씨양씨양 스미는
물소리 바람 소리조차
그저 또 미탄하고 미탄하다고.

— 시집 『달나라의 장난 리부트』에서

박용하

시인, 동북면 사천족

무無의 저녁

영嶺의 동쪽

추우야정秋雨夜情

춘우야정春雨夜情

누군가의

내 엄만 나의 엄마지만
누군가의 딸

내 아빤 나의 아빠지만
누군가의 아들

숟가락 갖다 꽂을 일도 없이
차려놓은 밥상에 앉았다 숟가락 놓고 일어나기 수십 년
누군가는 누군가의 애비가 되고
누군가의 밥을 짓는다

누군가의 딸인 동시에
배우자이고 엄마인 누군가의 거리에서
나무는 거리의 나무지만
눈여겨보는 누군가의 나무이기 전에 세계가 깃든 나무이고

이 거리의 빗방울은 이 거리의 빗방울이지만
누군가의 머나먼 북쪽 눈물방울이고
남녘 누군가의 핏방울

비는 아무리 왔어도 언제나 처음 오는 비처럼 태어나고
잎은 아무리 돋아났어도 언제나 처음 가듯 나무를 여행한다

비슷해 보일 뿐
똑같은 나뭇잎은 없고
나뭇잎 하나의 고통은 나무 전체의 고통

내 사랑과 자유는 나의 사랑과 자유지만
누군가의 부사랑
누군가의 부자유

내 쓸쓸과 적적은 나의 쓸쓸과 적적이지만
나 아닌 사람의 쓸쓸과 적적이기도 해서

세상의 눈은 언제나 첫눈
세상의 이 시간은 언제나 첫 시간
세상의 고통은 언제나 첫 고통

내 딸은 나의 딸이지만
누군가의 엄마

누군가의 눈부신 슬픔과 둘도 없는 분노

내 아들은 나의 아들이지만
누군가의 아빠
누군가의 돈과 권력

내 아빠 나의 아빠지만
누군가의 폭군

내 오빠 나의 오빠지만
누군가의 똘마니

누군가의 자식이
누군가의 자식에게 굴을 파고
누군가의 자식이 누군가의 자식을 만나 유세를 떤다

누군가의 새끼손가락이 아프고
누군가의 돌주먹이 날아온다

누군가의 누군가의 누군가의

동물이고 짐승이고 말과 언어이고 생물인 누군가는
누군가의

무無의 저녁

내가 생각하는 곳에서 너는 없고
이 저녁은 이곳에 없을 것이다
너는 떠나지 않고 떠났다
나는 돌아오지 않고 돌아왔다
네가 없는 여기 이 시간을 뭐라 불러야 하나
남아 있는 사람들이 허공을 깔고 앉아 운다
없음의 더없는 있음 속에
그 숱한 있음의 덧없음 속에
또 하루가 하루를 버리듯 가 버리고
바깥을 잃어버린 시선들이 거리를 지나갔다
타인을 지나가는 것도 타인
타인을 이룩하는 것도 타인
고요가 고요를 찾아가듯이
네가 없는 이곳에는 이곳조차 없다
이곳이 없는 곳에서 너는 어쩌자고 자꾸 돌아오나
매일 다시 태어나 그날 삶을 끝내듯이 살고
이 비루한 거리로 저 석양과 함께 돌아오고 싶구나
돌아와 깔깔대며 소풍 가고 싶구나
네가 없는 나라에 내가 있다
이게 무슨 조화냐

이 저녁때 평범의 극치를 누리고 싶구나
일상의 사치 위에 드러눕고 싶구나
네가 여기 없는 동안 너는 태어나고

— 시집 『이 격렬한 유한 속에서』에서

영嶺의 동쪽

영 너머에는 노모가 계시고
나는 서쪽에서 개와 지낸다

무슨 일로 4년이 다 되도록
그 흔한 안부 전화 한 통 없다

전화 오는 게 철렁할 때가 있다
늦은 시간보다 아침 일찍 올 때가 —

영 너머에는 노모가 계시고
나는 서쪽에서 백지와 지낸다

— 시집 『저녁의 마음가짐』에서

추우야정 秋雨夜情

가을은 사나흘이면 끝나고
비애는 평생을 가리라

— 시집 『저녁의 마음가짐』에서

춘우야정 春雨夜情

자다 깬 봄밤 빗속에
바나나 한 조각, 아이스크림 세 숟가락 퍼먹고
조제 커피 두 잔째 마신다

이러고 있는 게 신기하고
살아 있다는 게 신비하다

지난날 내가 한 일을 알고 있다
어찌 모른다고 할 수 있겠는가
지난날 내가 한 일을 모르고 있다
어찌 안다고 할 수 있겠는가
이 둘은 한 몸이며 한 나라를 이고 있다
남아 있는 삶에게 죽음을 데리고 간다

술 없는 밤
담배도 없이 비 젖는 봄밤

내 내부를 열어 본다
두고 온 사람 아니면 두고 갈 사람 생각

— 그게 전부일까

— 시집 『저녁의 마음가짐』에서

강정

시인, 엘리펀트 슬리브스 보컬, 남만 강족

생활

생활

만약에 나라는 사람을 유심히 들여다본다고 하자
그러면 나는 내가 시와는 반역된 생활을 하고 있다는 것을 알 것이다
— 김수영, 「구름의 파수병」中

누가 물었다
왜 시에 생활이 없냐고
우주를 날아다니(는 척하)는 너의 정체는 뭐냐고
생활이 무어지?
문득 생각했다
생각과 생활의 차이도 잠깐 되짚었다
누구에게든
사전事典이 되고 싶진 않아 깔깔 웃고 넘겼다
집에 와서 생각했다
생각이 생활이 된 것인가,
생활이 생각을 만드는 건가,
발레리가 떠올랐다
레오나르도 다 빈치를 따져 묻다가
생각이 생활이 되어
20년 동안 생각의 독무獨舞 속에서 몸이 굳은 자

그러더니 결국 발레 대본 같은 칸타타를 쓴 자

발레가 생각이면 좋을 것이다

생활이 발레면 더 좋을 것이다

하루에 똥을 몇 번 싸는지 고백할까

옛 애인이 그리워 울고 웃다

선뜻 화가 치밀어

선도 면도 점도 흐리마리한 잡화나

괴발개발 환치는 생활 아트 라이프를

너에게 고백할까

수음하고 나서 듣는 음악이 베토벤과 말러라고 신문에

연재라도 할까

그렇다면,

이 생활도 생각 너머 우주를 근심하는 발레 같을 것,

베토벤 9번 4악장은 4분의 4박 8마디에 7음계를 다 숨었다

말러는 그래서 불행했고

말러를 듣는 나는 불행마저 초월한 자일 수도 있겠다 싶어

잠깐 내가 대단했고 오래 내가 서글펐다

우주를 생각하며 수음하는 것도 음란이라면

내 생활은 상수와 하수를 아우르는

물의 기원일지 몰라, 라며

킥킥댔다
너무 웃어 눈물이 났다
역시 상수와 하수는 같은 수원이야,
라고 여기는 건 생각의 자위이고
하수가 넘쳐 상수가 당황하니
이건 생활의 음란이야,
라고 여기는 건 고급 사유 같았다
사유의 여러 음가를 사전 찾아 뜻 매기는
장난질하긴 싫었다
이것도 내 생활이고 생각이건만,
그것의 주체는 당최 누구인지 알 수 없었다
생각해봐도 모르겠고,
생각해봐도 알 수 없었다
생활해본다는 말이 본말전도 언어도단 같아서
생각도 생활도 나의 일은 아닌 것 같다
이 시는 그래서 생활의 쓰레기다
그래서 뜨거워 생각의 엔트로피일 것이고
누군가 손닿으면 맥없이 쓰러질 팽이와도 같은 것이다
팽이가 돈다
팽이가 돈다*

팽팽 돌아 스스로 우주가 되고서도
스스로 절멸 못하는
이것이 생활이라고
나는 모두에게 답한다
구름의 사생활은 구름조차 알 수 없는 거라고

— 시집 『그리고 나는 눈먼 자가 되었다』에서

* 누구나(?) 다 아는 구절일 것 같아 따로 명시 안 한다. 이것도 언어의 관성의 재활용일 테니.

문태준

시인, 남만 김천족

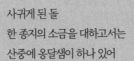

사귀게 된 돌
한 종지의 소금을 대하고서는
산중에 옹달샘이 하나 있어

사귀게 된 돌

돌을 놓고 본다
초면인 돌을
사흘 걸러 한 번
같은 말을 낮게
반복해
돌 속에 넣어본다
처음으로
오늘에
웃으시네
소금 같은
싸락눈도 흩날리게
조금
돌 속에 넣어본다

— 시집 『내가 사모하는 일에 무슨 끝이 있나요』에서

한 종지의 소금을 대하고서는

그릇에 소금이 반짝이고 있다

추운 겨울 아침에
목전目前에
시퍼렇게
흰 빛이
내 오목한 그릇에
소복하게 쌓였으니

밤새 앓고 난 후에
말간 죽을 받은 때처럼

마음속에 새로이 생겨나는 시詩를 되뇌듯이
박토薄土에 뾰족이 돋은 마늘 촉을 보듯이

— 시집 『내가 사모하는 일에 무슨 끝이 있나요』에서

산중에 옹달샘이 하나 있어

이만한 물항아리를 하나 놓아두려네
생활이 촉촉하고 그윽하도록

산은 지금 보드라운 신록의 계절
신록에는 푸르고 눈부신 예언의 말씀

산에 든 내 눈동자에는
물의 흥겨운 원무圓舞

물항아리를 조심해서 안고 집으로 돌아가네

— 시집 『내가 사모하는 일에 무슨 끝이 있나요』에서

박제영

시인, 달아실문장수선소 문장수선공, 남만 격렬족

어깨너머

문장수선공 K

아라리

우금치

어깨너머

풍월을 읊는 개들에 관한 詩나리오를 준비 중이다

그러니까
어깨너머 배웠는데 어깨를 넘어선 사연들을 모아서
詩로 풀어내는 시나리오를 준비하고 있다는 얘기다

詩나리오가 완성이 되면
전부다 형이 메가폰을 잡기로 했다

이건 순전히
어깨너머 시를 배운 나와
어깨너머 영화를 배우고 있는 전부다 형이
술 먹다 술김에 한 약속이다

그러니까
언제 완성될지 모른다는 얘기다

시나
리오나
시나리오나

사는 일이나

어차피

어깨너머라는 얘기다

문장수선공 K

막다른 골목 거기에 그의 가게가 있다
고장 난 문장을 수선해드립니다

그가 왜 이 소읍에 내려왔는지
그가 왜 이 막다른 골목까지 막다른 것인지
그가 이전에 무슨 일을 했는지
사정을 아는 사람은 아무도 없었다
그가 한때 장미여관 포주였다거나
사이비 교주였다거나
유령작가였다거나
소문은 무성했지만 소문만 무성할 뿐이었다

긴가민가하면서 하나둘
어긋나거나 틀어진 문장들을 맡기기 시작했다
말도 안 되는 문장들이 그의 손을 거치면
신기하게도 말이 되었다
그의 가게엔 말도 안 되는 문장들로 가득 했다
하지만 어느 날부터
그의 가게를 찾는 발걸음들이 뜸해지더니
어느 날부터는 아예 발길이 끊어졌다

나중에 그 이유가 밝혀졌는데
그에게 수선을 맡긴 소설가라던가 시인이라던가
암튼 수선이 잘못되었다며 아무개가
그에게 거액의 소송을 걸었다던가 뭐라던가
한바탕 야단법석 소동이 벌어졌다고 했다

고장 난 문장을 수선해드립니다
막다른 골목 거기에 그의 가게가 있었다

아라리

전국 방방곡곡 안 댕긴 장이 없니라
바다 건너 제주장 빼곤 다 가봤니라
이 할미 광주리에 안 담아본 게 없니라
글카다 정선장에서 그마 그니를 만난기라

아라리가 뭔 줄 아나
창자가 열두 번 끊겼다 속에 암 것도 없을 때
그런 담에야 나오는 소리니라
삼십 년 이슬 맞으며 하늘을 이불 삼아봐야 나오는 기라

조용필이 조용남이 그긴 소리도 아니니라
장날 젓쟁이 엿장수 각설이도 그보단 낫니라
그니가 아라리 아라리 한번 뽑으면
지나던 개도 애간장이 녹았니라 하모!

— 시집 『안녕, 오타 벵가』에서

우금치

그때는 다 동학이었네라
누구라 할 것도 없네라
왕과 양반들 친일 모리배들 빼곤 죄다
남자고 여자고 애고 어른이고
조선 사람이믄 죄다 동학이었네라
저 무너미 고개 넘어 곰나루 돌아
우금치에서 다 죽었네라
몽둥이 들고 죽창 들고
왜놈들 신식총과 맞섰으니
계란으로 바위를 치는 격이었네라
우금치 마루는 시체로 하얗게 덮였고
시엿골 개천은 아흐레 동안 핏물이 콸콸 흘렀네라
준자 봉자 최준봉
녹두장군 뫼셨던 할배도 게서 죽었네라
나는 우금치가 낳은 씨알이네라
우금치를 잊으면 사람이 아니네라

— 시집 『안녕, 오타 벵가』에서

오랑캐 이 강

시인, 영화감독, 인터내셔널 포에트리 급진 오랑캐 밴드

만만적 만추
오랑캐략사 리절 외전

만만적 만추

— 하오와 화이, 이 사람이 내 포크를 썼다구요, 안녕, 이 모든 게
만추에 일어난 일

강가나 숲을 산책하다 돌을 주워 오곤 한다 새로 데려 온 돌은 자리를 잡는 데 한참이 걸린다 그래도 작업실 〈이 절에서의 눈송이낚시〉 한 구석에 자리 잡은 돌은 나름 존재감을 과시한다 강돌과 산돌이 모두 아름답지만 산돌은 야외에, 강돌은 실내에 두는 게 어울린다 강돌의 아름다움에 반해서 편집장의 이름도 강돌로 지었지만 이곳에서는 하루에 두 번 산책하는 게 가장 중요한 일과가 되었다 그 나머지 시간들은 책을 읽거나 글을 쓰거나 영화를 보거나 뒹굴거리거나 가끔 읍내에 나가 문학 강의를 하거나 동생 사무실에서 술을 한 잔 마시거나 축구 경기를 보며 소리를 지르는 게 생활의 전부이다 삶이 단순하니 내면의 광활한 영토가 보인다

언어의 문제 때문에 이 행성은 그토록 아름답고 낯설어진다 ─ 짐 자무시

김태용 감독의 〈만추〉를 오랜만에 다시 보며 이 글을 쓴다 이 영화의 기본 언어는 영어와 중국어로 이루어진다 영

화의 한 장면에서 훈(현빈)은 애나(탕웨이)에게 중국말은 '하오(好호)'밖에 모른다고 말한다 애나로부터 '하오'의 반대 말인 '화이(壞괴)'를 배운 훈은 애나의 말에 '하오'와 '화이'로만 맞장구친다 하오든 화이든 훈의 말은 "난 네가 좋아"라는 말의 다른 표현인 셈이다 누군가를 열렬히 사랑한 적이 언제였던가? 짐 자무시의 말에 공감하는 밤이다 어느 식당에서 감정적 대립으로 애나의 옛친구인 왕징과 감정적 대립으로 싸운 후 해명을 요구하는 애나에게 훈이 둘러대는 말은 이렇다 "이 사람이 내 포크를 썼다구요, 그런데도 사과를 하지 않는다구요" 영화의 끝부분에서 안개가 너무 심해 버스가 잠시 쉬어가는 휴게소 장면도 압권이다 이 장면을 보면서 박찬욱 감독은 탕웨이를 주연으로 〈헤어질 결심〉을 '찍을 결심'을 하지 않았을까? 애나는 훈과 마시려고 들고 가던 두 잔의 커피를 쏟는다 이 모든 게 만추에 일어난 일, 2년이 흐른 후 애나는 출소한다 안개로 정차했던 휴게소에서 애나는 훈을 기다리고 애나의 탁자 위에는 한 잔의 커피가 있다 커피는 식어가는데 이 모든 게 만추에 일어난 일 그리고 라스트 씬 휴게소 탁자에 앉아 창밖을 바라보던 애나는 맞

은편 텅 빈 의자를 향해 나지막이 속삭인다 "안녕, 오랜만이에요" 부재하는 것들의 실존 기억의 힘은 현존을 초월하여 그 너머 영원까지 닿아 있다 어떤 것의 끝이자 시작이며 또 어떤 것의 시작이자 끝인 말, 안녕

고독이 옆구리 곁에 와 앉아 있다 눈밭을 헤치며 고양이는 더 따스하고 밝은 쪽으로 나아간다

세상의 모든 책은 첫 책 책의 모든 페이지는 첫 페이지라고 쓴 적이 있다 그런 의미에서 세상의 모든 시간은 첫 시간이고 미래의 책은 없다 어느 책의 두 번째 페이지도 없다 그러니까 이 글은 없는 책 없는 페이지에 관한 것이다 호롱불을 이리저리 옮기며 책을 읽고 글을 쓴다 그러면 누군가 묻는다 오랑캐 이 강은 19세기에 존재했던 시인인가? 아니다 그는 부재하는 실존이며 실재하는 부재이다 아르튀르 랭보는 『지옥에서 보낸 한 철』의 서장에서 이렇게 묻는다 "나는 짐승인가, 희생자인가, 골 족인가? 나는 거세당한 자인가, 문둥이인가? 나는 죄인인가, 도덕을 벗어난 자인가? 나는 광대

인가, 예언자인가, 천사인가?" 그의 질문에 대한 대답은 이렇다 "글 속의 인물은 모두 일종의 천사다, 글을 쓰는 모든 이가 전직 천사이듯이, 글 속의 인물은 보이는 존재보다는 보이지 않는 존재들과 더 오래 존재하기 때문이다" 도스토옙스키적인 밤 모든 것을 탕진한 듯한 밤이다 이런 밤에는 삶에서 벗어나기 위해 최선을 다한다 그게 어쩌면 삶으로 다시 돌아오기 위한 유일한 방법이기 때문이다

모든 삶은 첫 삶이어야 하는데 나의 삶은 왜 첫 삶이 아닌가? 모든 글은 첫 글이어야 하는데 나의 글은 왜 첫 글이 아닌가? 모든 음악은 첫 음악이어야 하는데 내가 듣는 음악은 왜 무수히 반복되는가? 오 그대여, 이리로 와서 나의 시를 들어라 무한히 반복되는 음악이 여기에 있다 이 세상 어디에도 없는, 어느 책의 두 번째 페이지가 지금, 여기에서, 펄럭이고 있다 바람이 분다, 비가 올 것이다 바람이 분다, 비가 올 것이다, 바람이 불지 않는다, 그렇다면 눈이 올 것이다

감정이란 사상 이전의 사상이다 ─ 이태준

이태준의 말이 옳다 ─ 오랑캐 이 강

그대는 여기까지 읽고 웃음을 터트렸다 이태준의 말이 옳다는 오랑캐 이 강의 말은 결국 당신의 감정선을 건드렸다 누군가는 감정 공산주의를 말하지만 '주의'가 들어간 말은 주의하라, 감정의 확산을 말할 때에도 주의라는 말을 주의하라, 또 누군가는 낭만적 혁명주의니 내면적 리얼리즘을 말하지만 이즘은 잊음을 전제로 하나니 감정이란 사상 이전의 사상, 모든 사상은 초코파이 정情으로부터 왔나니, 이태준이 〈滿洲紀行〉에서 '漫漫的'이라 쓴 것을 어느 독자가 편지를 보내와 '慢慢的'이 옳음을 은근히 알려준다 이태준은 고마움을 느낀다 이태준은 이 말을 할 자격이 있다 창경궁 자격루昌慶宮自擊漏가 그의 말이 옳다며 고개를 끄덕이며 종소리로 화답한다 그대는 여기까지 읽다가 더 이상 웃지 않는다 그러나 웃지 않는 그대들이여 누굴 탓하랴 모든 글은 끝내 그대들이 완성하는 것을

눈밭을 헤치며 더 따스하고 밝은 쪽으로 나아가던 고양

이는 보이지 않는다 까만 벨벳 옷을 입은 까마귀가 물어다 두고 간 이절의 검고 어두운 밤 그래도는 방안엔 불빛들이 있어 옛날의 호롱불처럼 타오르는 밤이다 닉 케이브의 'As I sat sadly by her side'를 듣는 여기는 이절夷節 오랑캐의 계절이다

푸른 햇살이 쏟아지는 어느 날 오후에 모든 가능성의 거리에서 우리 만나요 예술의 고아들과 구름의 부족들이 바람구두를 신고 모여드는 무한의 광장에서 우리 다시 만나요 손에는 담배를 허리춤엔 술병을 꿰차고 그 외 나머지는 모두 우리의 내면에 있을 테니, 이 모든 게 만추에 일어난 일, 이 모든 게 만추에 일어날 일

오랑캐랴사 리절 외전

한 송이 눈발로부터 모든 것이 시작되는 밤이 있다

깊은 밤이면 그의 노래를 들으며 시를 썼다
시를 쓰는 동안에도 밤새 이절에는 눈이 내리고
누군가의 페치카에서는 여전히 불꽃들이 타오르고 있었다

그는 인터뷰를 하는 내내 깊은 한숨을 쉬었다
머리를 긁적이며 거세게 흔들기도 했다
인터뷰어는 비밀경찰처럼 집요하게 어두운 삶에 대하여
예술의 반동적 확장성에 대하여 추궁했다

창밖으로는 밤새도록 낭만적으로 눈이 내리고
낭만적으로 내린 눈은 금세 녹아 거리를 적시고 있었다
그의 말과 한숨들은 조용히 허공으로 번지며 시가 되고
있었다
시가 되지 못한 말들은 슬픈 표정으로 흩어졌다, 가
다시 되돌아와 누군가의 물음표 같은 귓바퀴에
고요히 내려앉고 있었다

어둠을 타개할 수 있는 방법은 두 가지

어둠을 지우며 내리는 저 눈송이의 본질을 탐구하는 것
또 하나는 밤의 옆구리에서
끊임없이 타오르는 불꽃의 노래를, 함께 부르며
스스로 한 점의 불꽃이 되어 열렬하게 타오르는 것

자유로운 의지여 어디에 있는가
대체 지금 누구와 함께 있는가
잔잔한 여명을 만났는가, 대답해다오
그대와 함께하면 행복하고 그대가 없으면 슬프다
누군가 밤새 묻고 있었지만 아무도 대답하지 않았다

밤새 이절에는 눈이 내리고
봄부터 내리기 시작한 눈은 겨울까지 내리고 있었다
인터뷰를 끝낸 그를 위로하며
우리는 캄차트카에서 술을 마셨다
이절의 캄차트카는 누군가의 영혼이
불꽃이 되어 타오르던 거대한 생의 보일러

봄에도 보일러가 돌아가고
보일러는 겨울까지 돌아가고 있었다

봄에 시작된 생이 겨울까지 이어지고 있었다
봄에서 가을까지 숲 사이로 난 길을 따라
누군가 자전거를 타고
장을 보러 읍내로 가고 있었다
겨울에는 가지 않았다, 창문을 두드리는
눈송이를 홀로 둘 수 없기 때문이다

한 송이 눈발로부터 모든 것이 시작되는 곳에 이절의 밤
이 있다

이절은, 세상으로부터 가장 멀리 떨어진
이 세계의 내면
바람이 불 때마다 펄럭이는 한 장의 아름다운 계절
밤이면 밤마다 깊은 밤 깊은 곳으로
한 송이 눈발이 세상의 모든 눈송이를 데불고
환한 등불처럼 진군하나니

밤마다 눈이 내려 이절은 밤마다 축제

누군가는 밤새 '이절 국제 영화제'를 열고

누군가는 밤새 '이절 국제 음악제'를 개최하고
누군가는 밤새 '이절 국제 시 축제'를 벌이나니

세상에 내리는 눈은 언제나 첫눈

이절에서의 예술의 반동적 확장의 밤마다
폭설은 언제나 첫눈처럼 쏟아지고
밤새 허공을 떠돌다 지상으로 내려와 쌓이는 시

누군가 첫눈의 언어를 찾아 말을 타고 떠났다가
기나긴 밤의 대평원을 지나 이제사 이곳에 당도했으니
여기는 이절,
불꽃과 눈송이로 이루어진 단 한 편의 시

— 시집 『라흐 뒤 프루콩 드 네주 말하자면 눈송이의 예술』에서

장드파리 강

시인, 불란서족

(출연진 : 알렉시스 베르노, 리차드 브라우티건, 김도연, 박정대, 짐 자무시)

짐 자무시풍으로 쓴 눈의 자서전

짐 자무시풍으로 쓴 눈의 자서전
— "한국에서는 나름 유명한 시인이에요, 해외로 전혀 번역이 안
    돼 그렇지", 박정대
— "파리의 한 낡은 아파트 단지에서는 저도 나름 유명한 시인이
    에요", 알렉시스 베르노

방법서설적으로 눈이 내린다

바람이 불 때마다 낡은 책의 페이지들은 펄럭이며 글자
들을 음표처럼 튕겨낸다

허공에 흩어지는 글자들을 누군가 소리내어 읽는다

시는 여기에서부터 시작한다

아래의 몇 구절들은 리처드 브라우티건의 『미국의 송어낚
시』 중 〈영원의 거리에서의 송어낚시〉 장章에서 왔다

나는 이 낡은 문장들을 한 글자씩 옮겨 적으며 소리내어
읽었다(그대들도 조용히 소리내어 읽어보라), 시는 여기에서부터
시작되는 것이었다

알론조 하겐의 송어낚시 일기

알론조 하겐은 젊었을 때 이상한 병을 앓다가 죽은 그 노파의 남동생 이름인 것 같았다. 그러한 사실은 내가 눈을 똑바로 뜬 채 그 여자의 방에 진열되어 있는 한 커다란 사진을 본 기억으로부터 추측해낸 것이었다.

그 일기장의 다음 페이지를 넘기자, 몇 가지 항목들이 다음과 같이 적혀 있었다.

여행의 날짜와 놓친 송어들의 숫자

1891년 4월 7일, 놓친 송어의 숫자 8
1891년 4월 15일, 놓친 송어의 숫자 6
1891년 4월 23일, 놓친 송어의 숫자 12
1891년 5월 13일, 놓친 송어의 숫자 9
1891년 5월 23일, 놓친 송어의 숫자 15
1891년 5월 24일, 놓친 송어의 숫자 10
1891년 5월 25일, 놓친 송어의 숫자 12
1891년 6월 2일, 놓친 송어의 숫자 18
1891년 6월 6일, 놓친 송어의 숫자 15

1891년 6월 17일, 놓친 송어의 숫자 7

1891년 6월 19일, 놓친 송어의 숫자 10

1891년 6월 23일, 놓친 송어의 숫자 14

1891년 7월 4일, 놓친 송어의 숫자 13

1891년 7월 23일, 놓친 송어의 숫자 11

1891년 8월 10일, 놓친 송어의 숫자 13

1891년 8월 17일, 놓친 송어의 숫자 8

1891년 8월 20일, 놓친 송어의 숫자 12

1891년 8월 29일, 놓친 송어의 숫자 21

1891년 9월 3일, 놓친 송어의 숫자 10

1891년 9월 11일, 놓친 송어의 숫자 7

1891년 9월 19일, 놓친 송어의 숫자 5

1891년 9월 23일, 놓친 송어의 숫자 3

여행의 총 횟수 22번, 놓친 송어의 총계 239
한 번 여행 때 놓친 송어의 평균 마릿수 10.8

나는 세 번째 페이지로 일기장을 넘겼다. 여행 연도가
1892년이고, 알론조 하겐이 24번 여행을 해 총 317마리의
송어를 놓쳤으며, 따라서 한 번 여행할 때마다 평균 13.2마

리의 송어를 놓쳤다는 것만 제외하면, 모든 항목이 앞 페이지와 똑같았다.

다음 페이지는 1893년으로 되어 있었다. 그는 33번 여행을 떠났으며, 총 480마리의 송어를 놓쳤고, 따라서 한 번 여행할 때마다 평균 14.5마리의 송어를 놓친 셈이었다.

다음 페이지는 1894년으로 되어 있었다. 그는 27번 여행을 떠났으며, 총 349마리의 송어를 놓쳤고 따라서 한 번 여행할 때마다 평균 12.9마리의 송어를 놓친 셈이었다.

다음 페이지는 1895년으로 되어 있었다. 그는 41번 여행을 떠났으며, 730마리의 송어를 놓쳤는데, 그건 매번 낚시를 갈 때마다 평균 17.8마리의 송어를 놓친 셈이었다.

다음 페이지는 1896년으로 되어 있었다. 그는 단지 12번 여행을 떠났으며, 총 115마리의 송어를 놓쳤고, 따라서 한 번 여행할 때마다 평균 9.5마리의 송어를 놓친 셈이었다.

다음 페이지는 1897년으로 되어 있었다. 그는 딱 한 번 여행을 떠났을 뿐이었으며, 총 한 마리의 송어를 놓친 셈이었다.

그 일기의 마지막 페이지는 1891년에서 1897년까지 7년 동안에 걸쳐 그가 행한 각 항목의 총계가 나와 있었다. 알론조 하겐은 총 160번 송어낚시를 위한 여행을 떠났으며, 총

2,231마리의 송어를 놓쳤고, 따라서 한 번 여행할 때마다 평균 13.9마리의 송어를 놓친 것으로 되어 있었다.

총계가 적혀 있는 칸의 아래쪽에는, 알론조 하겐이 쓴 미국의 송어낚시를 위한 비문이 적혀 있었다. 그 내용은 다음과 같았다.

나는 참을 만큼 참았다
7년 동안 낚시를 하러 갔는데
단 한 마리도 잡지 못했다
나는 낚싯바늘에 걸린 송어를 전부 놓쳐 버렸다
그것들은 펄쩍 뛰어오르거나
또는 몸을 비틀어 빠져나가거나
또는 내 낚싯줄을 끊거나
또는 수면으로 떨어지면서 빠져나가거나
또는 자신의 살점을 떼 내면서 빠져나갔다
나는 송어에 손을 대본 일조차 없다
이러한 좌절과 당혹스러움에도 불구하고
나는 믿는다
놓친 송어의 총계를 생각해볼 때
그것이 매우 흥미로운 실험이었음을

그러나 내년에는 다른 어느 누군가가
또 송어낚시를 하러 가야만 할 것이다
다른 어느 누군가가 그곳으로 가야만
할 것이다

이절에서의 눈송이낚시가 이와 같을 것이다
짐 자무시풍으로 쓴 눈의 자서전 또한 이와 같을 것이다
그리고 낡고 오래된 스피커에서는 여전히 밤새도록
바람 부는 소리가 날 것이다, 그럴지도

대관령, 구절, 이절 그리고
정선, 그중에서
이절의 시인 박정대 형

2022년 12월 10일, 김도연 드림

— 김도연, 『강원도 마음사전』 속지에 쓴 말(도연은 어느
날 문득 이절 작업실에 들러 "책이 나와서"라고 한 마디하고는, 툭
건네주고 갔다)

방법서설적으로 내리던 눈이 이제는 짐 자무시풍으로 바
꿔었다

  짐 자무시-에스크esque, 짐 자무시-에스크, 누군가 자꾸
만 기침을 한다, 그럼 이만 총총

김도연

소설가, 동북면 대굴령족

대굴령

대굴령

대관령은 남쪽 땅에서 겨울이 가장 일찍 찾아온다. 지금은 예전보다 많이 약해졌지만 어린 시절 대관령의 추위와 눈, 바람은 정말 대단했다. 아침에 벅(정지)에서 세수를 하고 나와 방으로 들어가려다 차가운 문고리에 젖은 손이 쩍 달라붙었을 정도였다. 사나흘 줄곧 퍼부은 눈은 처마까지 닿았기에 그 눈을 치우느라 며칠이 걸리기도 했다. 길을 내느라 눈을 치면 그 눈은 어른들 키보다 더 높이 쌓이는 장관이 펼쳐졌다. 바람은 또 어떠한가. 힘들게 신작로로 나가는 눈길을 쳤는데 하룻밤 불어온 바람에 길은 온데간데없이 사라진 경우가 허다했다. 그 눈이 딱딱하게 굳으면 눈 치는 걸 포기하고 아예 그 위를 걸어 다녔다.

하지만 춥고 눈이 많이 내릴 뿐더러 바람마저 사나운 대관령의 겨울을 어린 우리들은 무척 좋아했다. 추운 줄도 모르고 아버지가 깎아 준 나무스키를 비알밭이나 산골짜기에서 타느라 시간 가는 줄 몰랐다. 눈과 얼음은 대관령 아이들의 놀이터나 다름없었다. 추우면 눈밭이나 얼음 위에 모닥불을 피워 놓고 놀았다. 운동화와 양말, 바지 자락을 태우고 집에 들어가 엄마에게 야단맞는 일은 아무 것도 아니었다.

물론 겨울도 여러 가지 겨울이 있었다. 좋은 겨울은 눈이 풍성한 겨울이고 가장 혹독한 겨울은 눈도 별로 없이 찬바람만 설치는 추운 겨울이었다. 그런 겨울이 오래 지속되면 산골 집의 샘물이 말라 갔다. 샘물이 마르면 집 옆의 도랑에 덮인 얼음을 깨고 그 물을 식수로 사용했다. 도랑물마저 마르면 어쩔 수 없이 마을을 가로지르는 개울까지 나가야만 했다. 아버지는 도끼로 개울의 두꺼운 얼음을 깨고 물구덩이를 만들었다. 그러면 우리는 저녁마다 양동이를 들고 가서 개울물을 퍼서 날랐는데 그 일은 귀찮고 힘들었다. 실수로 양동이를 쏟으면 신발과 바지가 금세 얼러붙었다. 바람 씽씽 부는 저녁에 양동이를 들고 개울을 몇 차례 갔다 와야만 밥상 주변에 둘러앉아 저녁을 먹을 수 있었다.

방은 춥지 않았다. 아버지가 산에 가서 부지런히 나무를 했기 때문이었다. 산골의 겨울은 일 년 동안 땔나무를 하는 계절이기도 했다. 눈이 없을 때는 지게를 지고 산에 들어가 나무를 했고 어느 정도 쌓이면 발구를 끌고 가 더 많은 나무를 했다. 리어카와 경운기는 한참 뒤에나 산골 마을에 모습을 드러냈다. 당시 우리나라의 산림법은 대단히 엄했는데 그 덕분에 산림감수의 위세가 대단했다. 국유림이나 사유림에 들어가 도벌을 하다 잡혀 가는 사람도 많았다. 그래서 마을의 어른들은 산에 들어가 나무를 하다가 산림감수가 퇴근을 한 뒤에야 나무를 실은 발구를 끌고 산에서 내려왔다. 엄마는 아버지가 산에서 내려오는 시간을 신기하게 알고 방에 엎드려 라디오를 듣는 우리들을 어둑어둑한 산 밑으로 보냈다. 평지에선 나무를 가득 실은 발구를 뒤에서 밀어야만 했기에, 참나무 가지를 묶은 나뭇단 속에는 가끔 아름드리 소나무 줄기가 숨어 있곤 했는데 그때마다 나는 가슴이 덜컥 내려앉곤 했다. 혹시라도 아버지가 산림감수에게 잡혀갈까 봐 온 힘을 다해 발구를 밀었다.

아버지는 나뭇단을 통째로 울타리에다 쌓았는데 그러면 나무도 잘 마르고 바람도 막아 주므로 집은 한결 아늑해졌다. 엄마는 그 나무를 조금씩 벅으로 가져와 손도끼로 잘라서 버강지(아궁이)에 넣고 불을 피웠다. 부뚜막에 걸어 놓은 솥으로 밥을 하고 가마솥에다간 여물을 끓였다. 버강지에 알불이 나면 부삽으로 꺼내 화리(화로)에 담아 다리쇠를 올려놓고 국과 찌개를 끓였다. 간혹 샛바람이 부는 날은 내구운(매운) 연기가 굴뚝으로 가지 않고 한꺼번에 버강지로 나와 눈물을 흘리는 저녁도 있었다. 아버지가 산에서 늦게 돌아온 날은 밥상을 방으로 가져가지 않고 벅 바닥에 놓은 채 둘러앉아 저녁을 먹기도 했다. 벽에 걸린 남포등은 식구들의 그림자를 길게 만들었고 벅문(부엌문) 밖에선 눈발이 펄펄 날렸다.

대관령의 겨울밤은 길고 깊다. 그런 밤이면 마을의 아주머니들은 약속이나 한 듯 우리 집으로 놀러 왔다. 그녀들은 밤새도록 달보기(화투 놀이의 하나)를 쳤다. 달보기만 치는 게 아니라 지난 일 년 동안 산골 마을에서 일어났던 일들을 하나하나 복기하며 품평회를 했다. 아버지도 그 틈에 끼어 술을 마시며 화투를 쳤다. 달보기는 강냉이알과 성냥개비를 돈 대신 썼는데 모두 다 친 다음에 돈으로 바꿨다. 그래 봤자 십 원짜리가 오고 가는 화투였다. 그녀들은 화투를 쳐 돈을 따려는 게 아니라 길고 깊은 겨울밤을 건너갈 목적으로 화투짝을 군용 모포에 내려치는 것이었다. 나도 그 옆에 쭈그리고 앉아 화투짝이 그렸다가 지우길 반복하는 그림들을 신기하게 구경하며, 때론 하품도 하며 긴긴 겨울밤을 건너갔는데 그러다 보면 아버지는 엄마에게 주문을 했다.

"입이 굽굽한데(출출한데) 뭐 먹을 것 좀 만들지 그래."

"계속 술 마시는 사람 입이 뭐가 굽굽해요."

"술 마시는 입하고 다른 입이야."

자정 넘은 시간 엄마는 벽으로 나가 음식을 뚝딱 만들었는데 그게 바로 내가 좋아하는 뚜덕국이었다. 뚜덕국은 수제비다. 달보기를 치던 그녀들은 군용 담요를 밀쳐놓고 김이 솟는 뚜덕국을 후후 불며 먹었다. 마을의 아주머니들은 하루는 이 집, 또 하루는 저 집, 이런 순으로 돌아가며 달보기를 치고 얘기를 나누고 음식을 나눠 먹으며 겨울밤을 건너갔다. 그러다 새벽이 되어서야 아이고 고뱅이(무릎)야, 신음을 내뱉으며 자리에서 일어났다. 집에 가서 아침밥을 지어야 했기 때문이다. 텔레비전도 전화기도 없던 시절 그녀들은 달보기를 칠 다음 집을 정하고 헤어졌다.

대관령의 눈은 새벽에 처음 시작되는 경우가 많았다. 아마 새벽에 온도가 떨어지는 경우가 많아서일 것이다. 전날 저녁 아무런 낌새도 눈치채지 못하고 자다가 아침에 일어나 폭설을 만나면 경이롭기까지 했다. 눈이 귀한 초겨울엔 더더욱 그랬다. 그런 날이면 아침밥도 먹기 전 옷을 두툼하게 입고 아버지의 털장화를 신고서 마당으로 나갔다. 넉가래나 삽, 싸리비를 들고 마을로 나가는 길을 쳤다. 눈이 내리면 나는 늘 마을로 나가는 길을 먼저 쳤다. 엄마는 당연히 헛간이나 장독대 가는 길의 눈을 쓸었고 아버지는 외양간의 소와 관련된 곳을 먼저 선택했다. 그러다가 방으로 들어와 다 같이 아침밥을 먹고 그다음에 다시 본격적으로 눈을 칠 준비를 했다.

눈이 내리는 날은 산골 마을이 한층 더 조용해졌다. 새들도 눈이 내리는 날은 어딘가에서 침묵을 고수했다. 산토끼, 멧

돼지, 고라니, 오소리, 너구리도 모습을 보이지 않았다. 가끔 소가 울고 개가 짖을 뿐이었다. 눈이 내리는 날은 사람들도 웬만한 일이 아니면 돌아다니지 않고 따스한 구들장에 누워 낮잠이나 청했다. 눈을 쳐도 기껏해야 울타리 안이 전부였다. 꼭 필요한 곳으로 가는 길만 치고 다시 집으로 들어가 등과 엉덩이를 지졌다. 그것은 눈에 익숙한 대관령 산골 사람들의 눈에 대한 예의일지도 모른다. 괜히 나가 일도 제대로 못 하면서 옷만 적시고 들어온다는 핀잔을 듣는 게 싫다면 그냥 낮잠이나 자는 게 낫다. 눈이 내리는 날은 가난한 산골 사람들이 모처럼 쉬는 날이었다. 짐승들도 마찬가지다. 나가 봤자 모든 게 눈에 덮여 있어 먹을 것조차 찾을 수 없다는 것을 잘 알고 있었다.

폭설이 그치면 그제야 산골 사람들은 비로소 기지개를 켜고 일어났다.

대문 밖으로 나가 마을을 덮은 눈을 바라보며 이렇게 중얼거렸다.

"달부 어엽게 내렸네야!"

— 김도연, 『강원도 마음사전』에서

르 클레지오

소설가, 불란서 오랑캐 니스족

물질적 황홀

물질적 황홀

내가 태어나지 않았을 때, 내가 아직 내 생명을 온전히 갖추지 않았을 때, 장차 다시는 지울 수 없는 것이 될 그 무엇이 아직 새겨지기 시작도 하지 않았을 때; 내가 아직 존재하는 그 어느 것에도 속해 있지 않았을 때, 내가 아직 잉태되지도 않았고 그럴 가능성도 없었을 때, 무한히 미세하지만 정밀한 것들로 이루어진 그 우연이 행동을 개시하지 않았을 때; 내가 과거도 현재도 아니었고 더군다나 미래는 더욱 아니었을 때; 내가 존재하지 않았을 때; 내가 존재할 수 없었을 때; 알아차릴 수 없는 디테일이요 씨앗 속에 섞인 씨앗이요 아무것도 아닌 일로도 충분히 갈 길이 달라질 수도 있는 그저 단순한 가능성이었을 때. 나 혹은 다른 이들. 남자, 여자 혹은 말馬, 혹은 전나무, 노란 포도상구균. 내가 그 무엇에 대한 부정조차도 아니었으니 하다못해 무無도 아니었을 때, 부재조차도 아니요 한갓 상상조차도 아니었을 때. 나의 씨앗이 광막한 어둠 속에서 아직 싹을 틔우지 못한 그 많은 다른 씨앗들과 한가지로 형상과 미래도 없이 떠돌고 있을 때. 영양을 섭취하는 이가 아니라 남의 영양이 되어주는 이였을 때, 구성된 이가 아니라 구성하는 이였을 때. 내가 죽어 있지 않았을 때. 내가 살아 있지 않았을 때. 내가 오직 다른 이들의 몸속에서만 존재하고 있었을 때, 다른 이들의 힘에 의해서만 힘을 발휘할 수 있었을 때. 운명이 나의 운명이 아니었을 때. 실체를 이루는 것이 미세한 진동들에 의하여 시간을 따라 온갖 방향으로 흔들리고 있었다. 내게 있어서 그 어느 순간에 드라마는 벌어지게 되었는가? 그 어느 남자 혹은 여자의 몸속에서, 어느 식물 속에서, 어느 바위 조각 속에서 나는 나의 얼굴 모습을 향하여 달리기 시작했던가?

— 르 클레지오, 『물질적 황홀』에서

짐 자무시

영화감독, 서융 오하이오 에크런족

나는 단순한 것에 끌린다

나는 단순한 것에 끌린다

시가 뭐냐구요?

글쎄요, 어떻게 보면 이 행성은 이미 모든 게 너무 늦었다
는 생각이 들어요, 그래서 가장 단순한 것들이 가장 소중하
게 느껴지죠, 예를 들어 대화라든가, 누군가와의 산책, 또는
구름 한 점이 지나가는 방식, 나무 이파리들에 떨어지는 빛,
또는 누군가와 함께 담배를 피우는 일, 이러한 것들이 온갖
유식한 잡동사니 헛소리들보다 훨씬 더 가치가 있어요

빅토르 최를 직접 본 적은 없지만 그는 자신의 노랫말에
이렇게 썼죠

"손에는 담배를, 탁자에는 찻잔을
그 외 나머지는 모두 우리의 내면에 있다"

그게 바로 시죠!

저는 그렇게 생각해요

---

* 1987년 피터 폰 바그, 미카 카우리스마키와 짐 자무시의 인터뷰를 조금 변형함.(편집자)

엄경희

평론가, 키용-희 드 엄, 숙신 읍루 물길 말갈 여진 장엄족

씨앗의 서사

씨앗의 서사

— 조나단 실버타운의 『씨앗의 자연사』(진선미 역, 양문, 2010)

우리의 생각과 상상력이 무궁무진할 것 같지만 실제로는 빈곤하기 짝이 없다. 사과를 매개로 무엇을 상상할 수 있을까? 붉고 둥근 형체, 달콤한 향기, 그리고 또 떠오르는 것이 무엇인가? 사과를 통해 붉고 둥근 형체, 달콤한 향기 등을 떠 올리는 것은 상상이기보다 경험한 것에 대한 기억이라 할 수 있다. 실내 공간을 가득 채운 단 하나의 푸른 사과를 통해 사물의 크기에 대한 사람들의 고정관념을 동요시킨 마그리트(Rene Magritte, 1898 1967)의 〈The Listening Room〉을 보며 우리가 놀라는 이유는 경험의 세계를 뛰어넘은 화가의 독특한 상상력 때문이다. 막연하게 생각하면 상상을 쉽게 확장할 수 있을 것 같지만 실제 시도해보면 생각이 자유롭게 펼쳐지지 않는다. 생각의 저장고가 비어 있기 때문이다. 조나단 실버타운의『씨앗의 자연사』는 씨앗의 생존과 진화를 과학적 통찰을 통해 서술한 객관적 기록이지만 인문주의자의 상상력을 풍부하게 자극하기에 부족함이 없는 책이다. 소설보다 더 긴박하고 흥미진진한 씨앗의 서사가 담겨있기 때문이다. 예를 들어 씨앗은 온전한 생명이 되기까지 기다림의 시간을 피할 수 없는 생명적 존재이다. 기후나 환경 조건이 자신에게 잘 맞지 않으면 씨앗은 휴면한다. 이 책에 따르면 싹을 틔운 씨앗 중 가장 오래된 것은 이스라엘 마사다에서 발견된 2,000년 전의 씨앗이다. 2,000년 동안 썩지 않고 발아를 기다렸다는 사실이 놀라움을 넘어 믿기지 않을 정도다. 이 길고 긴 침묵의 시간을 인내하며 기다리는 저력에 대해 많은 생각을 하지 않을 수 없다.

쌀, 콩, 보리, 옥수수, 깨, 도토리, 그리고 씨앗을 품고 있는 수많은 과일들. 우리가 씨앗이라는 사실을 잊은 채 일상에서 소비해왔던 이 모든 씨앗은 단순히 농부의 파종과 수확을 위한 것만이 아니다. 예를 들어 저자는 커피에 대해 "커피는 세계 시장에서 석유 다음의 가치를 지닌다. 매년 인류가 마시는 커피는 4,000억 잔 이상으로, 이것은 뉴욕 양키즈 야구장만한 크기의 컵(손잡이로는 어마어마한 야구방망이를 사용하고)에 85회나 리필하는 양이다. 물론 지구만 한 크기의 주전자를 이용해야 말라버리기 전에 따를 수 있을 것이다."라고 말한다. 커피콩 속의 방어용 화합물인 카페인과 열을 가했을 때 800가지 이상의 분자가 방출되어 만들어지는 커피 향은 얼마나 많은 사람들을 매혹시키는가.

저자는 "사과 한가운데 숨은 씨앗은 보이지 않는 과수원이다."라는 영국 웨일즈 속담을 시작으로 경이로운 씨앗의 세계를 펼쳐 보인다. 하나의 씨앗에 과수원이 숨어 있다는 이 속담은 결코 과장이 아니다. 씨앗은 거대한 나무의 시초다. 세상에서 가장 큰 씨앗 코코 드 메르는 그 무게가 무려 23 킬로그램에 달한다. 이 큰 씨앗에서 성장한 거대한 야자나무를 상상해 보시라. "첫 번째 잎은 그 줄기가 1.5미터에 달하고 청년기 나무에는 불과 몇 년 만에 거의 10미터나 되는 잎이 달린다."라고 조나단 실버타운은 설명한다. 10미터나 되는 나뭇잎을 떠올릴 때 23킬로그램의 씨앗의 무게를 비로소 이해할 수 있을 것이다. 놀라운 크기의 이 야자나무의 생존 전략에는 어떤 비밀이 있는 걸까. 이 책에서 조나단 실버타운이 강조하는 것은 '자연선택'의 과학적 진실이다. 생명체는 여러 가지 생존 방식 가운데 무엇을 선택하느냐에 따라 진화하거나 사멸한다. 저자에 따르면 자연선택은 "자신을 미래 세대로 전달하려는 잠재된 경향을 따라 맹목적으로 진행되는 메커니즘"이다. 유전자를 다음 세대에 전달하려는 맹목적 의지, 즉 자연선택은 생명체가 자신의 목숨을 담보로 감행하는 일생일대의 결정이라 할 수 있다. 수많은 식물들이 자연선택 과정에서 사멸하기도 한다.

생존의 과정에서 코코 드 메르가 넘어서야 하는 가장 큰 문제는 무엇이었을까? 23킬로그램에 육박하는 씨앗이 온전히 하나의 나무로 성장하려면 어떤 조건을 가져야만 하는가? 크고 무거운 씨앗은 그 자체로 코코 드 메르의 약점일 수 있다. 무거운 씨앗은 멀리 갈 수 없기 때문이다. 거대하게 성장할 나무의 씨앗이 엄마 곁에서, 그것도 함께 태어난 많은 형제들과 경쟁적으로 영토를 공유해야 한다는 것은 위기 상황이라 할 수 있다. 코코 드 메르는 이러한 생존 위기를 어떻게 극복하는가? 저자는 "씨앗이 너무 커서 옮기기 힘들다면 새싹을 옮기면 된다!"고 말한다. 이 기묘한 방법으로 코코 드 메르는 생존에 성공한다. 구체적으로 말해, 코코 드 메르는 약 30~60센티미터의 깊이로 자신을 파묻고 새싹이 나오기 전에 10미터 정도의 탯줄을 만든다. 경쟁자들로부터 멀리 떨어져 영토를 확보하는 것이다. 이 탯줄을 통해 새싹에게 필요한 영향이 공급된다. 결과적으로 코코 드 메르는 크면 클수록 좋은 것이 된다. 생존을 위협받는 순간 자연은 이처럼 살아남을 방법을 선택해야만 한다. 때로 씨앗은 자연적인 유전자 조작에 의해 만들어진 전위유전자(트랜스포존)를 갖기도 하는데 이는 자신의 한계를 극복하고자 하는 노력에서 얻어진 진화의 산물이다. 영장류의 적녹색맹 또한 환경에 적응하기 위해 돌연변이 유전자를 만듦으로써 극복된 것이다.

코코 드 메르처럼 자연선택이 성공하면 그것이 진화이다. 그러나 자연선택이 성공하지 못하면 그 종은 위기에 처하게 된다. 멸종 위기에 처한 사하라 사막에 서식하는 사하라 사이프러스 나무는 웅성발생雄性發生 즉 수컷에서 태어나는 유일한 종으로 알려져 있다. 이 나무에서는 엄마 나무의 유전자가 발견되지 않는다. 말하자면 모든 나무가 아버지 나무의 복제이다. 저자는 "멸종 위기 식물의 군락이 무성 생식에 의존하는 것은 무성 생식에 성공했기보다는 유성 생식에 실패했음을 의미하는 것"이라고 설명한다. 무성 생식에 의한 자손 보존은 왜 위험한가? 이에 대해 저자는 "섹스가 없으면 세대를 거듭하더라도 유익한 유전자들이 축적되어 전해지지 못한다. 무성 생식으로 만들어진 후손들은 조상들의 네트워크가 없이 단지 한 줄의 연결만 있다. (…) 유전자의 다양성이 없기 때문에 진화적 변화가 없으며, 따라서 무성 생식 군락은 언젠가 불가능한 적응이 요구되는 상황에 처하게 된다. 무성 생식 군락이 맞닥뜨리는 가장 큰 위험은 질병일 것이다."라고 답한다. 현재 사하라 사이프러스 나무는

230그루 정도 남아 있다.

조나단 실버타운이 이 책에서 보여주는 것은 씨앗의 과학적·객관적 생존의 비밀이라 할 수 있다. 저자 자신이 강조한 바는 아니지만, 이러한 과학적 증명들을 종합해보면 생명의 보편 법칙 하나를 발견할 수 있다. 그것은 우리가 거듭 이야기해왔던 생명의 연쇄성이라 할 수 있다. 하나의 생명이 다른 생명의 생존에 영향을 준다는, 너무도 빤하게 여겨왔던 진실, 즉 생태계의 연속적 고리가 그것이다. 예를 들어 유카나무의 꽃가루받이를 매개하는 것은 유카나방인데 이 나방은 유카나무 씨앗에 기생한다. 유카나무는 꽃가루받이를 위해 씨앗의 일부를 매개자에게 식량으로 내준다. 자손의 번성을 위해 어느 정도의 경제적 손실을 감수하는 것이 유카나무의 자연선택이다. 그런데 유카나방으로 위장한 속임수 나방이 꽃가루받이는 안 하고 씨방에 알만 낳는 경우가 관찰되었는데 생명의 세계 어디나 '속임수'가 존재한다는 게 새삼 놀랍게 느껴진다.

공생과 기생 관계만이 아니라 생명의 사슬은 먹이에서 먹이로 연결되기도 한다. 이 책에 따르면 20세기 중반 꼼의 원주민 차모르족이 심하면 사망에 이를 수 있는 특이한 신경질

환을 앓는 것으로 알려졌다. 그들은 주로 소철의 씨앗을 갈아서 전분으로 만들어 요리해 먹곤했는데 소철 씨앗의 독성만으로는 이러한 증상이 생기지 않는다는 연구 결과에 따라 질병을 발생시킨 원인이 미궁에 봉착하게 된다. 폴 앨런 콕스라는 식물학자에 의해 그 원인이 밝혀졌는데 그것은 소철 씨앗을 먹은 박쥐를 차모르족 가운데 주로 남자들이 먹었다는 것으로부터 증명되었다. 여기에는 '생물학적 증폭'이라는 놀라운 화학의 세계가 놓여 있다. 생물학적 증폭이란 "특정 물질이 먹이사슬 위로 이동해 가면서 점점 농도가 짙어지는 현상"을 말한다. 소철의 씨앗에 포함되어 있던 독성분이 박쥐로 옮겨지면서 그 농도가 100배로 농축되었기 때문에 박쥐를 먹은 차모르인이 독 중독에 빠지게 된 것이다.

생명의 사슬과 관련된 매우 아이러니한 사례를 한 가지 더 들자면, 현재 EU는 환경을 위해 석유 대신 씨앗의 기름을 자동차 연료로 사용할 것을 권장하고 있다. 그런데 생활 속에서 친환경적으로 여겨졌던 시도가 오히려 환경을 파괴하는 결과를 초래한다고 저자는 지적한다. 씨앗 기름을 얻기 위해 열대우림을 파괴하고 그 자리에 기름야자수 농장을 세우는 사태가 벌어지기 때문이다. 이러한 사태가 불러오는 엄청난 문제점을 굳이 나열하지 않아도 예측 가능하리라 여겨진다. 저자는 이러한 사태를 "동남아시아 기름야자 농장(팜유공장)에서 생산된 연료로 자동차를 운행하는 것은 자동차 범퍼에 '연료탱크에 오랑우탄을 넣었습니다.'라고 쓰인 스티커를 붙이고 다니는 것과 마찬가지다."라고 비판한다. 생태운동이나 환경운동은 모두 우리 삶을 자연과의 상생관계로 만들고자 하는 인류의 노력이라 할 수 있다. 그러나 자연의 연쇄적 관계를 심도 있게 고려하지 않는다면 바로 이 같은 문제가 발생할 것이다. 자연은 헤아릴 수 없이 많은 생명체들의 연쇄성으로 이루어진 거대한 유기적 운동체라 할 수 있다. 거기에 함부로 손을 대는 자에겐 반드시 재앙이 있을 수밖에 없다.

〈뉴사이언티스트〉가 2009년 최고의 과학서로 선정한 조나단 실버타운의 『씨앗의 자연사』는 작은 씨앗에서 거대한 우주를 발견하는 과정을 자세히 보여준다. 씨앗이 어떻게 지구에 처음 출현했고, 그 씨앗이 어떤 방식으로 싹을 틔우고, 꽃을 피우며 열매를 맺는지에 대한 경이로운 과정을 과학과 문학을 넘나드는 풍부한 시선으로 기록한 이 과학서를 통해 나는 작은 것이 지닌 거대한 힘을 보게 된다. 큰 것에서 더 큰 것을 발견하는 상상력은 어딘지 모르게 허황되게 느껴진다. 그러나 작은 것 속에서 큰 것을 발견하는 내밀한 상상력은 아름답고 섬세하고 놀랍다. 과학으로 상상하게 하고, 상상으로 과학의 울타리를 넘나들게 하는 저자의 유려한 조정력(?)에 이끌리다 보면 큰 것이 아닌 작은 것 속에 거대한 신비가 있다는 것을 절감하게 된다. 아울러 씨앗의 잠재적 가능성이 온전한 생명으로 발현되는 과정은 음모와 사기와 뇌물이 판을 치는 산문적 풍경으로, 꿀과 향기와 아름다운 빛깔로 서로를 유혹하고 매혹시키는 낭만성은 운문적 풍경으로, 내 머릿속에서 교차한다. 이 두 풍경이 한껏 어우러진 모습은 문득 인간의 삶을 되돌아보게 한다. 한편 "씨앗에는 아직 실현되지 않은 잠재력이 들어 있고 시작을 의미하는 반면, 열매에는 가능성의 은유는 없고 성취에 대한 보상만 있다.", "성공적 진화의 씨앗은 항상 패배한 것처럼 묻힌 흙속에서 싹튼다"는 저자의 의미심장한 비유적 설명이 독서와 사유의 미각을 한껏 돋운다.

조나단 실버타운의 『씨앗의 자연사』에 매력을 느낀 독자에게 이와 연관된 또 하나의 책을 권한다면, 나는 역사학자이며 나무 애호가인 토머스 파켄엄의 크고 넓적한 책 『세계의 나무』(넥서스BOOKS, 2003)를 추천하고 싶다. 거기 60그루의 경이로운 나무들이 서 있다. 나무는 동물보다 훨씬 놀라운 생존 전략을 가진 그로테스크하고도 신비로운 생명체다. 세계에서 제일 큰 나무 자이언트 세쿼이아는 무게가 1천5백톤에 달한다. 세상에서 가장 오래된 나무 브리슬콘 소나무는 수령이 4천6백 년 이상으로 밝혀졌다. 이러한 나무의 세계를 보고 있으면 내가 살고 있는 도시 공간이 왜소하게 느껴진다. 인간과 더불어 이 같은 나무의 세계가 공존한다는 게 얼마나 다행한 일인가!『세계의 나무』의 마지막 부분은 마다가스카르에 있는 거대한 바오밥나무가 장식하고 있다. 석양에 물들어 황금빛으로 빛나는 바오밥나무가 신전의 열주처럼 장엄하기 그지없다. 마음이 경건해진다. 인간은 이러한 자연과 공존하는 또 하나의 자연이다.

조진

달연, 삼나무 구락부 8진

1월, 느티나무

1월, 느티나무

청파 비탈 아래서
훅
불어온다

새떼 한 무리가
화르륵
날아오른다

아하

더 날지 못하고 흩어지는
떨어지는
마른 목숨들

초록물 흠씬한
생때같던 것들이
내려와 땅 위를 걷는 1월

골갱이만 남아 가벼워진 것들아

서둘러 뿌리 곁으로 가자

저 남쪽 섬에는

벌써

동백이 붉다고

소재식

청야, '에세이소설' 작가, 삼나무 구락부 8진

오타루의 빛

오타루의 빛
─ 나의 러브레터를 위하여

때로는 무기력하게 일상에 갇혀 지내다가도 우연한 계기로 내 안에서 맴돌던 인연이 새로운 빛으로 다가올 때가 있다. 오늘이 바로 그런 날이다.

며칠 전부터 서점에 들러 홋카이도(북해도, 北海島) 관련 책을 구입하고 싶었다. 정형외과 진료 후 서점에 다녀오려다 부산 인근으로 뚜벅이 여행을 떠난다는 딸 다영이가 생각나 곧바로 집으로 돌아왔다. 막 화장을 끝낸 귀여운 딸과 여행 이야기를 나누며 점심을 먹었다. 차로 다영이를 사당역까지 바래다준 후, 집으로 돌아와 밤샘하듯 보던 책을 마저 읽고 서점에 다녀오려고 했다. 책을 대하니 금세 눈이 흐릿해지고 집중이 되지 않는다.

'잠시 침대에 누워 있다 일어나야지.'

미궁에 빠지듯 깊은 잠에 빠져들었다. 눈을 떠보니, 사방이 캄캄하다. 언제 퇴근했는지 아내는 어두운 거실에서 앉아 텔레비전을 보고 있다. 아내가 저녁을 먹지 않겠느냐고 물어본다. 별로 생각이 없다고 하니, 자기도 그렇다면서 계속 텔레비전을 본다. 서재 책상에 앉아 책을 보려 하니, 머리가 무겁고 지끈거린다. 잠시 바람이라도 쐬고 오면 좋을 것 같다. 모자에 털이 달린 두툼한 자줏빛 오리털 잠바를 걸치고 밖으로 나왔다.

그제 밤에는 눈이 어둠을 밀어내려는 기세로 밤새도록 내렸다. 어제 오전에 이어 오후까지 많은 눈이 더 내렸다. 늦은 오후부터 칼바람이 불어오더니, 밤사이 기온이 급강하했다. 그렇게 내린 눈이 길 양옆에 가득하다. 한낮의 밝은 햇살도 잠시, 오후로 갈수록 기온이 뚝 떨어졌다. 눈 덮인 산길을 걸어볼까 하다가 저녁을 거르고 나가기에 다소 서운한 느낌이 든다. 아내와 같이 먹던 치킨 햄버거가 생각나서 사당역 방향으로 길을 잡았다. 산 아래 동네이고 비탈진 내리막 골목길이어서 조심스럽다. 길 위의 잔설과 빙판 때문에 신경이 많이 쓰인다. 어둠에 잠긴 언덕 아래로 보이는 골목길 풍경에서 겨울 정취가 물씬 묻어난다.

큰길가로 나와 햄버거 가게가 있는 건물 2층으로 올라갔다. 예쁜 산타 복장을 한 아가씨가 영업시간이 밤 11시 30분까지라고 한다. 서점에 들러 책을 구입한 다음, 돌아오는 길에 들르면 좋을 것 같다.

오늘도 서울과 경기 남부 인접 지대인 사당역 일대는 수많은 차량과 붐비는 사람들로 들끓고 혼잡하다. 하루의 일과를 마친 후 버스를 타고 집으로 돌아가려는 사람들의 긴 줄이 인도人道를 가득 메우고 있다. 사람들 사이를 겨우 뚫고 지하에 있는 만남의 광장을 지나 서점으로 향했다.

환한 등불을 밝히듯 서점이 밝게 빛난다. 여행 코너에 서서 '홋카이도' 관련 여행 책자를 보았다. 겨울 홋카이도의 눈 덮인 설원이 참으로 이채롭다. 파란 하늘 아래 보라색 라벤더 꽃으로 가득 찬 아름다운 여름 사진도 인상적이다. 하얀 구름과 푸른 하늘 아래 펼쳐진 언덕과 목가적인 풍경, 아름다운 호수와 그 주변에 어우러진 숲, 대설산의 설경, 홋카이도 남단에 위치한 항구도시 하코다테의 아름다운 야경, 가을날의 계곡과 단풍 등 책장을 넘길수록 홋카이도가 수

많은 매력과 빛을 발하며 나의 관심을 사로잡는다.

'오겡키데스카!(잘 지내고 계시죠!)'

떠나간 사랑을 향해 외치는 소리가 책장 안에 하얀 설원과 더불어 펼쳐진다. 영화 〈러브레터〉의 추억이 묻어나는 운치 있는 항구도시 오타루의 눈 덮인 모습이 보인다. 영화 〈철도원〉과 하얀 눈으로 뒤덮인 쓸쓸한 시골 마을 종착역인 호로마이. '홋카이도의 지붕'이라 불리는 다이세츠 국립공원의 관문인 아사히카와. 아사히카와는 소설가 미우라 아야코 여사의 고향으로 그녀의 대표작 『빙점』의 무대이며, 그녀의 문학기념관이 있는 곳이다. 북해도의 매력에 흠뻑 빠져 여행지를 걷듯 책장을 넘긴다.

홋카이도의 최남단 하코다테에서 최북단의 도시 왓카나이에 이르는 길과 최동단 네무로까지 펼쳐진 해안 길, 산과 강, 호수와 바다, 숲과 초원, 습지 등 수많은 풍경이 하얀 눈발처럼 지나간다. 평화로운 비에이 언덕과 들판, 보라색 라벤더로 물드는 여름날의 후라노의 전경, 도야, 시코츠, 사로

마와 같은 눈부신 칼데라 호수, 꽃이 만발한 정원, 가을날의 단풍이 아름다운 계곡, 온통 얼음뿐인 유빙의 바다 아바시리와 쇄빙선 그리고 오호츠크해, 겨울이면 눈으로 가득한 평원에 이르기까지 홋카이도가 매력적인 모습을 흠뻑 발산한다. 간간이 문학적 감성이 담긴 짧은 글이 책갈피처럼 사이사이 놓여 있다. 책장을 넘길수록 홋카이도에 대한 깊은 애정을 담고 있는 책이라는 생각이 든다.

마음이 급해진다. 빨리 집으로 가져가 심지를 돋우듯 책장을 넘기면서 여행지를 살펴보는 것이 좋겠다. 서가에서 빼서 보던 책 두 권을 들고 빠른 걸음으로 계산대로 향하다가 혹시나 하고 한국 수필 코너로 가 보았다. 내가 쓴 산문집 세 권이 나란히 서가에 꽂혀 있다. 이를 확인하고 흐뭇한 마음으로 계산대로 가는데,

샘! 누군가 내 팔을 잡는다. 어! 네!, 샘 뵈려고 학교에 갔어요, 퇴임하셨다고, 많이 서운했어요. 그랬구나!, 그런데, 미안!……. 샘! 저 재연이요, 이재연!, 그래 재연이! 우리 3학년 1반 학급회장이었잖아. 샘, 저 내년 5월에 교생 실습 나가요!

그래서. 그렇구나, 너를 만나다니, 참 좋구나, 선생님도 많이 보고 싶었다, 반갑게 인사를 하니, 참 기분이 좋네.

제자와 어깨를 나란히 하고 이야기를 나누며, 내 책이 꽂혀 있는 서가로 걸어갔다.

어, 샘! 재연이 손뼉을 치며 좋아한다. 신기해요. 샘이 작가가 되셨네요. 겉표지와 작가 소개란에 담긴 작은 사진에 대한 설명을 해주었다. 목차와 글을 번갈아 보고 그에 따라 책장을 넘기면서 도움말을 곁들였다.

서점에서 너를 만나 내가 쓴 책을 앞에 놓고 이야기를 나눌 수도 있다니 참으로 행복하고 복된 날이네, 너와 이야기를 하다 보니 너희들과 함께했던 추억들이 자꾸 되살아나네.

그렇게 이야기를 나누다가 내 손에 들려 있는 책을 보더니, 재연이 말했다.

샘, 여행하시려나 봐요. 응, 홋카이도! 3학년 2학기 기말고사가 끝나고 영화 〈러브레터〉 본 적 있지? 그 영화의 배경이 되는 작은 항구도시 오타루가 홋카이도에 있단다. 열흘 정도 현지에서 차를 빌려 오타루를 비롯하여 눈 덮인 홋카이도 곳곳을 돌아볼 예정이란다.

영화를 본 후 아이들이 틈만 나면 창문을 열고, "오겡키데스카!" 하고 소리치곤 했다. 눈 덮인 산으로 향하는 여인의 모습과 애타는 목소리가 인상적이었던 모양이다. 눈이 내리는 날이면 아이들이 창문을 열어젖히고 "오겡키데스카!" 하고 소리높이 외쳐댔다. 이에 화답이라도 하듯 "오겡키데스카" 하는 소리가 여기저기서 메아리처럼 들려왔다.

그해 겨울 아이들의 인사는 오겡키데스카였다. 설원 위의 여인과 소녀들이 눈 덮인 산을 향해 함께 "오겡키데스카" 외치는 듯하였다. 사랑스런 제자를 우연히 만나 옛사랑을 떠올리듯 그 시절 아름다운 추억을 모락모락 피워 올렸다.

교생 실습까지 시간이 남아 있는데, 교재 준비를 하려고 서점에 들렀구나. 이미 구입한 책과 내 산문집을 품에 꼭 안고 있다. 선생님! 저희 엄마 아빠도 선생님을 잘 기억하고 계세요, 빨리 가서 선생님께서 쓰신 책 부모님께도 자랑하고 싶어요. 재연이가 품에 안고 있는 책을 받아 겉표지를 넘기고 속지에 다음과 같은 글귀를 쓴 후 사인을 하였다.

'사랑하는 제자 재연이에게

너를 만난 건 내 인생에 커다란 행운이었다. 너희들과 함께한 소중한 인연, 아름다운 추억 모든 게 꿈같은 날이었다. 잊을 수 없는 나의 제자, 재연이!'

신기해요, 샘!, 하며 눈을 반짝인다. 작가 사인은 처음 받아봐요. 내가 사인한 책을 가슴에 품고 종종걸음으로 서점을 빠져나가는 재연이의 뒷모습을 한동안 바라보았다.

서점을 나와 햄버거 두 개를 사 들고 잔설과 빙판으로 위태위태한 골목길을 오르는데, 나의 발걸음이 남다른 기쁨과 설렘으로 가득하다. 서재에 앉아 책장을 넘기면서 겨울

철 홋카이도를 여행지로 택한 것은 커다란 행운이란 생각이 들었다. 천혜의 자연과 아름다운 풍경이 있는 여행지, 여행지 안에 문학과 영화 이야기가 깃들인 장소라면 그만큼 기대치가 높아지고 여행지에 대한 즐거운 상상과 더불어 희망 섞인 기대가 솟는 법이다. 겨울철 홋카이도는 천혜의 자연과 문학적 감성을 자극하는 아름다운 여행지임이 분명하다. 눈 덮인 홋카이도를 여행하려는데, 여름날의 평화로운 들판과 보라색 라벤더로 수놓은 아름다운 홋카이도 정경이 구릉 위를 넘나든다. 가오리연 같은 홋카이도가 긴 꼬리를 휘날리며 바람을 타고 하늘 높이 떠서 내 눈앞에 아른거린다.

'얘들아, 모두들 잘 지내고 있니?'

계절의 여왕 5월이 오면 나의 제자가 새싹 교사가 되어 모교 교생으로 나올 것이다. 중학교 시절 친구들과 뛰놀던 모교 교정에서 후배들과 함께 어우러지는 모습을 상상해본다. 함께 어우러지며 새로운 희망을 만들어가는 모습이 눈에 선하게 그려진다.

인연이란 아름답고 소중한 감정으로 머물다가 뜻하지 않게 새로운 빛으로 되살아나기도 한다. 서로를 향한 소리는 새로운 소망이 되어 아름다운 음악처럼 피어나게 되리라.

나는 이제부터 텅 빈 마음의 심연으로부터 희망을 길어 올려 그대들에게 들려주려 한다. 그것은 빛으로 이루어진 말들이다. 새로운 빛, 환상의 빛.

박정대

시인, 남만 이절족

그녀 곁에 슬프게 앉아 있을 때
첫시

그녀 곁에 슬프게 앉아 있을 때

1. 가난하고 아름다운 사냥꾼의 딸
2. 꽃 피는 봄이 오면
3. 자작나무 우체국
4. 레아 세이두
5. 장만옥
6. 톰 웨이츠
7. 김광석
8. 빅토르 최
9. 칼 마르크스
10. 체 게바라
11. 아무르
12. 아르디 백작
13. 짐 자무시
14. 상처 입은 용
15. 닉 케이브

닉 케이브의 〈As I sat sadly by her side〉를 듣는 밤

자작나무의 이름을 부를 때마다 너는 말발굽 소리를 내
며 한 마리 촛불처럼 타오른다

눈이라도 펑펑 내리는 날엔
헛간에 쌓아둔 술동이가 밤새
흔전만전 동이 났다

추운 새벽 거리를 번번이
번, 번, 번, 버닝 외치며 달려가는
슬프고도 아름다운 가객 새드앙이 있다

초저녁별이 빛날 때마다
손에는 담배를 탁자에는 찻잔을
그 외 나머지는 모두 우리의 내면에 있다고
누군가는 말하지만
더럽혀지지 않은 세상의 모든 말은
끝내 관산융마로 남을 것

밤새도록 눈은 내렸다
쌓였다
흩어지며 다시 날아오른다

눈 속에 파묻힌 시를 누가 읽으랴
그냥 쓸쓸한 오랑캐의 말이겠거니 생각하라

— 무크지 『임시정부』에서

첫시

이절에 작은 오두막을 짓고 임시정부를 출범하기로 했지
이절 자작나무공화국 건설을 위한 첫걸음이지

이절에서의 눈송이 낚시를 위해서는 이절이 필요하겠지
이절, 삶의 다른 계절, 이절夷節, 오랑캐의 계절

눈송이와 낚시도 필요하겠지

그러나 무엇보다도 필요한 건 시의 완전한 독립을 위한
우리의 렬렬한 사랑

〈오랑캐략사 리절 외전〉에서 누군가 사랑에 대하여 말했
었나?

사랑은 뭘까
허공에 흩어지는 눈보라 같은 것

삼랑과 오랑 사이에서 오래도록 헤매다
순한 짐승의 눈빛이 되어 그대 심장 속으로 스며드는 것

자작나무로 만든 작은 배 위에 이젤 임시정부를 앉히고
고요히 출항하네

　　여기는 촛불마저 말발굽 소리를 내는 곳
　　밤새도록 눈이 내려 저 스스로 시를 쓰는 곳

　　시는 모든 혁명의 전위부대
　　그러니까 시인은 혁명의 총사령관

　　세상에 내리는 눈은 언제나 첫눈
　　세상에서 쓰는 시는 언제나 첫시

　　― 무크지 『임시정부』에서

세상의 모든 책은 첫 책, 책의 모든 페이지는 첫 페이지
예술의 고아들을 위한, 세상에서 가장 아름답고 무용한 혁명

누군가는 이 책을 읽겠지만 누군가는 이런 책이 있는지도 모르겠지

이 책은 누군가를 위한 책이 아니니, 그냥 예술의 고아들을 위한, 세상에서 가장 아름답고 무용한 혁명이라 하자

이 책에 실린 글들은 일부러 장르 구분을 하지 않았다

문학의 장르 구분은 오랜 관습에 의한 것이고 글은 다만 글일 뿐이다

간략한 필자 소개는 그냥 재미로 읽어주길 바란다

그리고 어떤 글은 본인이 원하는 경우 이명異名을 사용하였다, 다음 호부터는 필자가 원하는 이름이 있으면 그 이름으로 글을 싣겠다

<율란통신>은 대체로 원고 도착 순서대로 편집되었지만 재수록인 경우, 필자의 최근 시집이나 책에서 골라 실었고 해당 작품 아래 출처를 밝혔다

이 책이 필자들에게 누가 되지 않기를, 그리고 이 책을 읽는 그대들은 부디 아름다운 시절에 살기를

2023년 3월

편집장 무사 강돌(Musa Kang-dol)

율란통신 에스프리 001

세상에서 가장 아름답고 무용한 혁명

1판 1쇄 발행	2023년 3월 31일
지은이	함성호, 리산, 시빌, 이철호, 이용호, 박희승, 전윤호
	신동옥, 박용하, 강정, 문태준, 박제영, 이 강
	장드파 리 강, 김도연, 르 클레지오, 짐 자무시, 엄경희
	조진, 소재식, 박정대, 강돌
발행인	윤미소
발행처	(주)달아실출판사
편집장	강돌
책임편집	박제영
디자인	전부다
법률자문	김용진, 이종진
주소	강원도 춘천시 춘천로 257, 2층
전화	033-241-7661
팩스	033-241-7662
이메일	dalasilmoongo@naver.com
출판등록	2016년 12월 30일 제494호

ⓒ 함성호 외 20명, 2023
ISBN 979-11-91668-70-4 03810